吴淡如 著

重新看见自己

Look Inside

漓江出版社
桂林

原书名:《重新看见自己》,经作者吴淡如授权漓江出版社有限公司在中国大陆地区独家出版发行。

著作权合同登记号桂图登字:20-2014-118

图书在版编目(CIP)数据

重新看见自己/吴淡如 著. —桂林:漓江出版社,2015.6(2015.8 重印)
ISBN 978-7-5407-7522-3

Ⅰ.①重… Ⅱ.①吴… Ⅲ.①随笔-作品集-中国-当代 Ⅳ.①I267.1

中国版本图书馆 CIP 数据核字(2015)第 086905 号

策　　划:刘　鑫
责任编辑:谢　阅
装帧设计:居　居

出版人:郑纳新
漓江出版社有限公司出版发行
广西桂林市南环路 22 号　邮政编码:541002
网址:http://www.lijiangbook.com
全国新华书店经销
销售热线:021-55087201-833

北京中科印刷有限公司
(北京市通州区宋庄工业区一号楼 101 号　邮政编码:101118)
开本:880mm×1 230mm　1/32
印张:6　字数:120 千字
2015 年 6 月第 1 版　2015 年 8 月第 2 次印刷
定价:29.80 元

Contents
目录

Part 1
用行动，发现新潜力 / 001

如果没有自信，找不到任何人生乐趣，只把自己的快乐建立在别人怎样看自己，整个人变得假假的，或者变得“生人勿近”，人际关系只会越来越差。

Part 2

讲原则，爱得有创意

感情好像是一间很小的房子，它能够放进去的家具实在不多，不肯送旧，很难迎新。还有，如果你想新旧并蓄，要得太多，常是一转身就会撞到桌角。

Part 3
以尊重，常葆真情义

失去了平衡，爱到无微不至，就变成了烦；好事做尽，变成爱管闲事。爱，到底要让你爱的人在两性关系中找到他的长处、他可以发挥的地方。

Part 4
有计划，发现生命力

理想可以分段实现。

一步一步往前走的人，一回头往往也会惊讶，自己什么时候已经走过万水千山，当初最难爬的第一个山尖，在眼中，竟然只是一个小小的土丘？

自序

看见自己，看见生命力

我总是希望有个让人如释重负的开场白，不要让任何人对书太敬畏、太疏离，所以，我们先来玩个游戏吧！

有句名言说，许多想拯救世界的人，却不知道在下着雨的星期天午后可以做些什么。

我们的游戏，就从下着雨的星期天午后开始。

1.你穿着便服，和朋友约看电影，时间还早，便在街上闲晃，走着走着，有个推销员缠上你了，他想卖你一种新的洗脸用品，价格还算合理，但他一开始就批评你的皮肤有问题，你会采取什么态度？

a.当他不存在，调头不理

b.狠狠瞪他，请他自已照照镜子

c.有点心动，听他说下去

d.打定主意不买，但听他讲完，让他白费唇舌

e.掏钱快买下，觉得他蛮辛苦的

2.今天遇到的闲杂人等还不少哩！忽然间，有个穿西装打领带的陌生人，拿着相机近距离对你拍照，并且迅速地走开，你会：

a.追上前去，如果他说不出理由，就请他交出底片

b.不予理会，心想他可能不是在拍你

c.暗骂他神经病，自己也迅速离开

d.觉得他一定有某种目的，不然就是谁找他来搞恶作剧

e.认为他是星探

3.到了电影院，朋友打电话给你，请你先买两张电影票。买好票时你不小心把手提包弄掉了，东西撒了一地，你会第一个捡起来的是：

a.钱

b.钥匙

c.身份证

d.电影票

4.进场时间已经过了五分钟，朋友竟然还没来，打电话给他，他竟然还在赖床，电影票买了是不能退的，此时你会：

a.自己一个人先进去看，自认倒霉

b.自己一个人先进去看，但一定会跟他索赔，请求补偿

c.不看了，自认倒霉回家去

d.等他来，把他大骂一顿

e.还是等他来一起进场，接受他的道歉

5.运气好像不怎么好，你想吃冰消消气，但吃到一半在冰里发现一只蚊子，你会：

a.把它弄掉，继续吃

b.请老板过来看，换一碗

c.闷不吭声地走掉

等等！如果你发现的是苍蝇呢？我想你大概没法子继续吃了，你的态度会改变为：

a.提出抗议

b.闷不吭声

这些测验，是我平日无事时自己设想的“迷宫”游戏，希望拉近你和我这么一个喋喋不休的写作者之间的距离，就把它当成看这本书前“饭前洗手”的动作吧！

我们来看看答案

1.测试你的自我肯定度到什么地步：

a.当他不存在，调头不理——相当有主见，主观很难改变，认为自己是择善固执，就不理会旁人看法。

b.狠狠瞪他，请他自己照照镜子——不管对错，只要你认为是对的，谁都改变不了你。有时会感到自己和周遭格格不入，因为你很难容纳不同的意见。

c.有点心动，听他说下去——温文尔雅的乖乖牌，从善如流，没什么主见。

d.打定主意不买，但听他讲完，让他白费唇舌——阳奉阴违，习惯把别人的意见当耳边风，已经“痞”极泰来了。

e.掏钱快买下，觉得他蛮辛苦的——耳根子软，任何人的意见都足以左右你，你在乎每一个人的肯定，活得蛮辛苦的。

2.遇到小人时，你会：

a.追上前去，如果他说不出理由，就请他交出底片——除恶务尽，绝不容小人挡路，非把他揪出来不可。

b.不予理会，心想他可能不是在拍你——认为自己行得正坐得直，不认为自己会有什么把柄落在人家手里。

c.暗骂他神经病，自己也迅速离开——总是可以发现谁是惹麻烦的家伙，然后敬而远之，心想不招惹他就没事。

d.觉得他一定有某种目的，不然就是谁找他来搞恶作剧——疑心病重得认为身边都是小人，很难信任别人。

e.认为他是星探——太天真了，是被卖了还帮人数钞票的类型。

3.第一个捡起来的东西，代表你对未来最大的期许：

a.钱——经济无虑。

b.钥匙——家庭和乐。

c.身份证——知名度信用度够。

d.电影票——度假度个够，及时享乐。

4.恋人的表现越来越走样，你会：

a.自己一个人先进去看，自认倒霉——独立性强，他若不好你就换人，没啥好谈。

b.自己一个人先进去看，但一定会跟他索赔，请求补偿——不但不介意换人，还要捞够本，让他尝点苦头。

c.不看了，自认倒霉回家去——独立性不高，不愿主动说再见，怨恨容易经年累月地累积。

d.等他来，把他大骂一顿——企图改变他，变成你要的样子。不过你得记得，教猪唱歌，你会很不高兴，猪会更不高兴。

e.还是等他来一起进场，接受他的道歉——任劳任怨，无论好死歹活都会从一而终。

5.工作时，你若受到委屈：

a.选择弄掉蚊子继续吃，发现苍蝇就会抗议的人——如不到超出底限，绝不反弹，相当识时务，看脸色行事。

b.不管是蚊子还是苍蝇，一定请老板过来换一碗的人——不管大事小事，总是据理力争，绝不吃亏，但要小心，过度反弹会使你成为头痛人物。

c.不管遇到蚊子还是苍蝇都闷不吭声地走掉——没有学会表达自己的意见，待在哪里工作都觉得自己不被重视。

d.看到蚊子继续吃，发现苍蝇也继续吃的人——这也太扯了！不过也有好处啦。神经大条到百毒不侵，第二天就忘了自己为什么事难过，无入而不自得。

e.看到蚊子抗议，看到苍蝇无所谓——会有人选这个答案吗？我看，你还是别看这本书，先看精神科吧！

生活中总有许多问题。

其实，没有任何问题单纯是外在的问题。自己总有一点责任。

如果一个问题会困扰你，你必然也在潜意识中说了“欢迎光临”这句话，使它登堂入室来。不然，它不会在你的脑海里做客做了这么久。

最近，接到一位朋友的哀怨倾诉。她说她本来快要结婚了，但她交往七年的男友竟然在订婚前夕很郑重地问她：

“你婚后会睁一只眼闭一只眼吧？”

什么意思？她没听懂。他索性明白着讲：“如果我有小老婆，你不会有意见吧？”这什么时代了？该男子不到30岁，竟然有这种可怕的“封建思想”？他以为他是西门庆？我听了都替她生气。

她也很生气，调查之下，她才发现男友早已有了一个新女友，只是觉得娶她比较“有保障”，所以愿意实现承诺。我实在不愿意帮任何人当爱情军师，但她是我的挚友，听到这种不平等事件时，我再也没办法心平气和。我请她冷静想想，这男人真的天真糊涂不谙世事得太离谱了（对我来说，这简直是把无赖当成诚实），婚前已有这么大的问题，她还要嫁给他吗？

她吞吞吐吐支开了话题，说：“是不是我抱独身主义比较好？”

我并不知道她的最后答案。让坏恋人出局，可不等于抱独身主义。

后来想想，其实，朋友本身不是没问题。

她竟然可以让交往这么久的男人认为，跟她提出“我要有小老婆哟”这种要求，她会有接受的可能？

原来，多年来分分合合多次，都是男人回头找她，说“还是你对我比较好”。

她平素一定也表现出太“有容乃大”的样子，才会受到这样的欺侮。

有原则，别人才会尊重你。

我倒觉得要紧的不是要不要结婚的问题，而是，要不要诚恳地面对自己。

如果自己不知道自己的尺度和原则在哪里，那么，谁也不会知道的。

日日相守的旁观者未必“清”，如果不了解自己，谁能真正了解你？

你从自己一出生，就和自己相处，但是，你了不了解自己呢？

总有许多来自于传统、习惯、人性、爱情或欲望的云雾，遮住我们的眼睛，使我们看不见自己。

每个人的心都是一口井。井底总有青苔，在阳光探不进来的阴湿处成长。

承认自己的问题，等于看清了一半。

剩下的一半，就要交给行动力了。

帮助我们重新看见自己，是我们能给自己的最好的礼物。这样的礼物，一生受用，且一旦持有，生命力就不再被遮蔽！

Part 1

用行动，发现新潜力

如果没有自信，找不到任何人生乐趣，只把自己的快乐建立在别人怎样看自己，整个人变得假假的，或者变得“生人勿近”，人际关系只会越来越差。

从小态度开始变

所有的天分都在使用中增加。

——勃朗特（英国知名小说家）

在一个针对女性朋友的演讲会后，邀请我来演讲的女孩对我说，她的男友老实、诚恳、听她的话，在一般人眼中虽然不属上上之选，但她知道，要找到肯这样对她好的男人，也不是容易的事情。

可是她也隐隐觉得，如果按照两人的模式相处下去，一点也不能令她满意，她渴望的爱情好像不是这个样子。

我不是她，不能了解她面临的问题。沉思的时候，手机响了，是我的男友打电话来的，他临时因公开会，无法按照原先的时间来接我。

“嗯，没关系，不要紧，我可以叫车回去。没关系的。”我微笑道，简短地结束了电话，对眼前这位漂亮女孩解释，我得到门口去叫车，如果她不介意的话，可以陪我等车吗？

她很惊讶地看着我：“你们刚认识？”

“不是，很久了。”

“他不能来接你，你都用这样的态度微笑回答吗？你不生气？不是因为在公共场合，你才保持这种态度吧？”

她的问题也让我惊讶。我当然不生气，现代人的生活中，有许多突发状况，他又不是故意不来接我的，我怎能生气？换个角度想想，如果我有公事耽误了约定时间，我也不希望看到一个臭着脸、等着对我兴师问罪的男人。

“对不起，我的电话打断了你说话。你请继续……”我们缓步走着，向门口移动。她若有所思地说：“我没什么要说的，我知道了。”

小改变，相处的情调不一样

过了一个月，又与她巧遇，她对我说，她的状况比以前好很多。

“他家住在淡水，我家住在南势角，一南一北，他来接我，已经算勤快了。以前打电话要他来接，他一有迟疑的语气，我就很不高兴，说：‘哼，那就算了。’挂了电话之后，心里恨得痒痒的，觉得他没有追我时那么殷勤，什么东西嘛！有一次同样的状况发生时，我忽然想学你说话的样子，用不疾不徐的语气对他说：‘没关系，你忙你的，我自己会注意安全，叫车回家。’他没听过我这样说话，在电话那头，反而紧张得说不出话来。那天我回到家后，过了一个小时，他竟然到我家来找我，问我：‘你还好吗？对不起，我在加班，所以没办法马上去接你！’我才知道，平常我给他多大的压力……他告诉我，他听到我说没关系时，紧张得全身冒冷汗，以为我吃错药了，怎么没生气？

看着她开朗的笑脸，我知道，她的恋爱谈得很愉快。

只是态度上的小小改变，相处的情调就会柔美起来。

很多人有这样的经验：不断地遇到一些有感情困扰的人，叨叨投诉着自己所受到的不平等或不合理态度。有时，我很难从这些抱怨中找到一个可以说声“哦……”的小空隙；而我也渐渐明白，他们提出的问题，再明智的答案也无法满足他们的需求，因为他们有个共通点：只巴望着别人的改变，自己从来不想做任何的变化。

如果你热心地提供建议，却马上听到“可是……”这两个字的话，还是不要太浪费口舌说下去，也不要很诚实地说“这个问题其实很容易解决的啊！”来否定他的痛苦。这样一来，他会以为你在暗讽他的愚蠢，必然也会不欢而散。

想当一个善解人意的人，唯一能做的，只是以同情的眼光倾听他的倾诉而已。

除非自己先做改变，否则关系永远不会变。

感情世界，不可能以力服人。一个人如果不想现在改变自己，只想改变别人，永远不会得到不一样的未来。在两人相处过程中，如果能够稍微改变自己一下，一点点设身处地着想，在细枝末节处体贴一点，常会得到意想不到的结果。

人际关系变好很简单

微笑是世界上最受欢迎的语言。

——Max Isman

有些年轻读者的来信，真是令人吃惊。

“我是个小学生，自从看了你的书之后，心情变得很好，因为不知道为什么，之前我一直不想说话，讨厌自己，也厌恶别人……直到有一天姐姐拿你的书给我看……”

我很感激她的赏识，可是，她不过是一个小学生，应该还在我们想象的“快乐童年时期”，先前怎么会对自己和人际关系那么绝望呢？

对人际关系绝望的人还真不少。有一位初中生是这么写的：“我觉得一天比一天难过，我发现我身边的朋友越来越少了，我在学校的名气也越来越低，偶尔去找老师聊天，却被同学当成打小报告，还有人说我自大傲慢像白痴，我觉得不是，又不敢说出口，怕说出口会引起大家的反感，我好恨自己生在这个时代……”

满纸悲愤的他，到底想活在什么时代呢？没有一个时代比这个时代更舒适、安稳、自由了。

微笑是最简单的方法

“恨别人也恨自己”的，当然不只是“小朋友”而已，活得越大，人际的烦恼越多。如果没有自信，找不到任何人生乐趣，只把自己的快乐建立在别人怎样看自己，整个人变得假假的，或者变得“生人勿近”，人际关系只会越来越差。

我发现，容易动不动就恨别人的人，通常是没有自信的人，因为对自己生的气无处发泄，想赶快在别人身上找个缺口送出去，于是满口怨言，对全世界都不满意。

从开始念书以来，我们被迫背的东西多如牛毛，却从来没有人启发我们，找点生活乐趣，让你喜欢自己，只能靠着外在的毁誉来滋补自己的灵魂，每天被各种情绪左右。遗憾的是，早熟的孩子在还不确定自己是谁、没尝过快乐的滋味时，愤世嫉俗的性格已经形成了。

人们建立自己的性格，是为了保护自己不受外界的伤害。为了免于伤害，常常成了拼命为自己盖监狱的囚犯，明明也不想把自己囚禁起来，监狱却不自觉地盖得太快。

有些人在“长大”之后会因为各种磨炼而改变，但“解放自己的能力”比较差的人，却还一直待在自己盖的监狱里。他们很想出去，和外头的欢笑声打成一片，但总是默默地告诉自己“人心险恶”“他对我好一定是有目的的”“我一定会受到伤害”。他们涉世不深，但又一点儿也不天真。

大家都渴望拥有真诚的人际关系。最简单的方法，莫过于微笑。所有受欢迎的人，都是那些时时带着亲切微笑的人。微笑自然而然地提供了一种能量，使人愿意靠近你。虚伪的人只在有所求时才微笑，心胸狭窄的人只对认识或喜爱的人才微笑，那并不是动人的微笑。你可以先学着对自己微笑。微笑捎来一种讯息：你真心喜欢所在的世界，外在世界必会喜欢你。

微笑需要练习。一个嘴角不自觉也会上扬的人，必是受欢迎的人；一个嘴角不自觉往下掉的人，常常不自觉地亲友断绝。外在世界是一面镜子，你开心，就会看到一张一张开心的脸。

怎样讲话讨人爱?

你的谈话就是你的广告。

——马克·吐温

讽刺长舌妇的笑话，总是很多。

在酒吧里，两个上班族男人在聊天。

“你干吗喝这么多酒？心情不好吗？”

“对啊，跟老婆吵架，老婆一个月不跟我说话。”

“那不是很好吗？如果我老婆一个月不说话，我的耳朵就可以好好度个假！”

“是啊。但今天已经是一个月的最后一天了！”

在接听电话交谈节目来电的时候，几乎可以在五秒钟内判定，哪一个人说的话会使看不见的地方的人们倾听，哪一通电话会让听众们想要马上转台。

对于一个电台节目主持人而言，我当然希望前者多讲一点，也会为大家的耳朵谋福利，而想把大家不想听的那一通赶快挂掉。

不能触犯的说话禁忌

怎样说话讨人爱?

最重要的还是声音的表情。不慌不忙、撒娇似的声音，当然比严峻冷漠或急于陈情的声音容易令人接受。如果自忖口才不好，更应该慢慢讲。

开头马上就讲故事的人，也比一开头说了一大堆理论来得吸引人，让人觉得他很真诚，不是来势汹汹，只想训话。

别一直在你认为是重点的句子上徘徊，以为别人没听懂，即使是笑话，重复了两次，人家也觉得不好笑了。最好把之后的情节带出来，别等人家问“然后呢？”即使那人的问法很客气，至少也表示他有一点不耐烦了。

不要三两句就强调自己与众不同的地方，如果可以，把在场的人也拉进来讨论。任何职业性的演讲者都擅长制造互动的效果，说故事时，他们会就地取材，比如：我有个初恋女友，啊，就像你一样，20年前是清纯美少女……

也得懂得避开某些敏感话题，不要哪壶不开提哪壶，或随便问人家隐私性的问题。曾看到一对表姐妹就此翻脸——表姐刚离了婚，新婚的表妹本来想安慰她，却在有意无意间说：“我老公家族每个人都有离婚记录，其实我也好怕，这个婚姻会有问题……”表姐反而觉得表妹是在嘲讽她的悲情过往。

没搞清楚状况别用负面评断。某个明星的助理，在明星上洗手间时，刚好坐在一位广告导演的身边，她说她非常爱看广告，导演便问她：“那最近那个某某药品的广告你看过了没？”此女刚出社会，过分不假思索，马上回答：“有啊，你说的×××拍的那个嘛，简直烂透了！”

导演的脸一阵青一阵白，在座的都捏了一把冷汗，因为每个人都知道，那是导演目前最得意的作品啊！这位明星只上了三分钟的洗手间，就失去了一次演出机会，实在冤枉。

别老掉书袋。可不只是读书读到不食人间烟火的博学硕儒们喜欢掉书袋，没有自信心、怕人家不知道他读过书的人也很爱掉书袋，怕人家说她没脑袋的美女也爱掉书袋。动不动就是冷僻的成语，佛经朗诵，夹杂许多英文字，什么“意识形态”“××主义”的专有名词在话里头，唯恐别人不晓得他的分量。其实，大家只会觉得他很假，不够真诚。

幽默，就很迷人

还有人喜欢问不着边际，人家没办法在三分钟内回答的问题：“你觉得爱情到底有没有意义？”“现在的年轻人为什么会变成这样？”“世界和平如何维系？”这些问题使人再有创意也只能敷衍着回答。

自作聪明的“解语花”也不讨人喜欢。在对方语气稍做停顿时，别急着猜他的意思，等他说完。否则，常常会出现用牛尾巴接人家狗头的状况。

有位可怜的男士，太急着暗示他很了解自己的女友，本意是在讨好她，却常接错了意思，三番两次不改，只有被淘汰出局。就算两人很熟，你猜错意思的可能性也很高。我也曾如此自作聪明，换来好几次让自己下不了台的经验，因为，会错了意啦！

还有，别急着下结论。有个朋友说，她最不喜欢跟当小学老师的某位朋友聊天。有一次她们谈话时我也在场，仔细观察这位小学老师的问题。我明白了她的“职业病”：太喜欢做结论！可能常常要为小朋友改作文簿吧，她总是很权威地用非常肯定的语气评断着是非善恶：“这叫作虎头蛇尾！”“这真是人心不足、巴蛇吞象！”“你这样做是自取其辱！”人家又没有要求你做判官啊！何况，你所说的，旁听的人老早就知道了，并无新意。想下

掉书袋只会让人觉得很假，
不够真诚。

结论，也得用温和的语气，或自我解嘲的方式。

一个说话高手、真正的“解语花”，必能解除尴尬。有一次我在法国餐厅吃饭，打翻了水杯，手忙脚乱非常困窘，一位长辈笑着说：“哈，你没有我惨，上次吃法国菜，把田螺的壳一拨，壳飞到隔壁桌的牛排里！”至今我仍深深感谢他的幽默呢！

最吃亏的刀子嘴豆腐心

在人生中对我们有帮助的赞美，都不是放在心中的，是被说出来的。

——Bruce Barton

有一次，电话交谈节目的话题是“泼冷水”，这种题目，照例有很多“做牛做马”的老婆率先打电话进来，说明自己为家庭做了许多事，连一句赞美也没得到。这在我们这个“讲感情还是含蓄一点好”的社会来说，好像是一种司空见惯的现象。也许并不是那些“享尽一切好处”的老公们不知感激，而是他们把好话心中埋，以为“她反正都知道我要什么，也一定知道我很感激她”。

于是，他们只是理所当然地指责老婆没做到的，没赞美过她做到的任何事。如果他们换个角度想想，必能体谅老婆的辛劳，想想：如果自己的老板是个只会隐善扬恶的家伙，大概没有员工会为增加公司业绩而努力；自己的老婆每天遇到一个隐善扬恶的老公，还能期待她有什么好心情活下去？

换个说法，感情更好

毕竟还是有代沟的。一位年轻的女孩在听了众家说法之后，打电话进来自我反省：“原来我错了，我不应该在他失业时泼他冷水……”

“你泼他什么冷水呢？”

“比如说，他拿着报纸在找工作，我看到他用红笔把新竹科学园区的大公司圈起来，我就跟他说：你不要去白费力气了啦，人家不会要你这种学历的！”

我听了吓一跳：“你是真的想打击他吗？”

“不是的，我只是不想让他到那么远的地方找工作，因为不想两地相思，才故意这么说。”

其实她是好意，只不过一出口，话就恶毒了起来。“如果他真能找到好工作，就算是离我远一点，我也还是会替他高兴的，可是不知道为什么，我每次都把那句话变成打击他的话……”

她真是刀子嘴豆腐心的最佳典范。

“你可不可以换个说法呢？就把你的原意说出来？”她对我说的那些解释，显然比她确实说出口的话动人心弦，而且没有副作用。

“我会试试看的，在这之前，我真的没想过，这些风凉话那么伤人啊！其实，我从很早以前就常这么讲话，男友的公司大裁员，他垂头丧气回来告诉我失业的第一天，我就告诉他：一定是你的工作态度有问题，你才会被老板炒鱿鱼。他说：公司缩编裁了一半的人呢。我就对他说：谁叫你不听我的话，如果你跟我进同一家公司就没事了。”

“他是不是对你不好，你才这么损他？”

“没有没有，他对我很好的！”

“如果一个女人想要一个男人恨她一辈子，没有比在他失意时打击他更好的方法了。”我叹息道。

“现在我知道了。”她的语调轻松起来。

我曾观察那些“刀子嘴豆腐心”的人，多半是在一个习惯打压子女的家庭中长大的。很可能他的父母彼此说话，或对他说话的模式，就是狗嘴里吐不出象牙来，不然就是家长中有人习惯把反讽当作幽默，以为这样的方式才会引人注意，才会痛快。长久下来所造成的结果常是亲者痛、仇者快，到头来，没有人会把真正的心事告诉你。

有罚无赏的家庭出身的孩子，如果没有经过后天的反省与学习，也很可能终生做一只报丧的乌鸦，忘了如何在亲爱的人受创时安慰他。

那是再吃亏不过的事了。

把反讽当作幽默，到头来，
没有人会把真正的心事告诉你。

不让谣言中伤

如果你觉得你的生活像个跷跷板，那是因为你正依赖着别人来决定你心情的起伏。

——Sam Horn

没有人不曾为谣言生气过。

连小学生都会受不了流言困扰，上网来投诉："小玲气冲冲地跑来跟我说，我干吗说她的脸像猴子。但我根本没说嘛，不知道是谁造的谣。结果她叫我们班同学都不要理我，我在班上被孤立了，我好生气，好想死给她们看，怎么办？"

念女校的高中女生也有苦水要吐："我们班上的女生都在违反校规交男朋友，只有我没有，竟然有人说我是同性恋！我气得快疯了！"

家庭幸福美满的年轻家庭主妇也饱受谣言困扰："住在我家楼下的长舌妇马太太，到处跟人家说我是先上车后补票，我真想搬家算了，每天看到她那张脸我就有气！"

小心上好奇传话者的当

所谓谣言，就是听的人无聊时觉得挺有趣，但当事人一定会因受诬赖而生气的话。每个人变成流言的受害者的时候，都会像一根接收了过多电流的避雷针，急着把电导出去。很多谣言听来实在不值得生气，造谣的手法也很拙劣，被点到名的人却很难理性地“一笑置之”，往往越反驳越恼羞成怒。

找不到真凶的谣言更叫人生气。其实真正的造谣者未必是那个“我不能告诉你他是谁”的第三人，可能就是那位好奇的传话者，他或多或少也加了油添了醋，抱着看好戏的心情，以一种“我好心才告诉你”的态度，静静地等待你怒火中烧，然后安慰你“不要生气”。

你越生气，他越觉得谣言是真的，不然，你为什么要恼羞成怒呢？这背后必然有什么不可告人之事。

最近，我就听到一个关于我自己的谣言。我经常光顾的一家商店的老板，“好心”地告诉我，我的前男友很缺德，到处说我的坏话，他觉得我不是那种人，于是替我“拨乱反正”。我一把火烧上身，问他：请问“前男友”到底是谁？他吞吞吐吐，说：“……我不能说……我答应我的朋友不能说……”

我更生气的是，第一次不说就算了，第二次我到他店里，他又提起被我忘掉的这个没头谣言。这下子我可要逼出元凶来，他仍然不肯说出谣言出处，只招认是我“前男友”的好友说的，而所谓的“前男友”竟然是我久未见面的一位亦师亦友的长辈，而且这位长辈从未口出恶言，这种乱点鸳鸯谱的造谣功夫真是太离谱了。他还说：“你前男友很缺德，竟然说你有精神病哩……”

“他不是我前男友，他只是我的一个朋友！”我又好气又好笑地据实以告。这位热心人士只仿佛听见我认识此人，马上安慰我：

“你真倒霉，怎么会交到这种男朋友，要小心一点！”

公众人物，一不小心就是“天下之恶归焉”，全算到你头上来。我早已告诉自己，尽量不要随流言波动，但老实说，一个无聊的“栽赃”，还是会让我气上一个晚上。流言企图左右你，你也明白，但想不受流言左右而浮心动气，还真困难。

让谣言止于安然不动的心

有个相传讲述释迦牟尼的寓言故事，对于静止被谣言波动的心相当有用。传说佛陀经过一个村子，有一堆人听说他要来，就在那儿侮辱他。佛陀只是静静地听完，然后问大家："我现在得走了，你们说完了吗？如果你们还有什么话要告诉我，我可以再回来听你们的意见。"

那些侮辱他的人吓呆了，对佛陀说："我们不是在告诉你什么，我们是在骂你。"

佛陀说："如果是十年前，我可能会用愤怒来回应你们的话，但现在我已经是自己的主人，不必处处回应别人的作为，没有什么话能逼我做回应了。"

每次看到这则寓言，我总会会心一笑。如果一个人能做自己的主人，就不必太努力为各种谣言做回应或反弹，不是吗？做自己的主人，要有一颗安然不动的心啊！

很多谣言听来实在不值得生气，造谣的手法也很拙劣，被点到名的人却很难理性地"一笑置之"，往往越反驳越恼羞成怒。

是安慰，还是火上加油？

最好的安慰是无言且坚定的陪伴。

有位年轻的妈妈迷上溜滑板，把宝贝女儿带到某公园同乐。某天，遇到一群青少年在那儿打架生事，她吓得半死，赶紧把女儿带回家。看到先生，基于一种需要安慰的心理，把现场状况描述了一遍，没想到先生还没听完，就发起火来："以后不许你带小孩到那么危险的地方！你自己怎么样是你的事，千万别让任何人伤女儿一根汗毛，否则我就……"

先生那么疼爱女儿，本应高兴才对，但这位年轻的妈妈却痛不欲生，为什么？

你一定知道原因。

太太和妈妈吵架，夹在中间的儿子左右为难，太太跑回娘家后不回来，先生只好厚着脸皮去劝她：

“你不要那么不懂事啦，妈妈年纪大了，多说几句话有什么关系，你就让她嘛，不要让我难做人，我当夹心饼干也不好过……我是偷偷来找你的，妈妈还在生气呢！她说：你要不要回来随便你，叫我永远不要求你回来……你就回家吧……”

如果你是这个离家出走的老婆，你会想跟他回去吗？

很遗憾的是，所有恳求离家妻子回家的说辞，都与上列陈述八九不离十。

女朋友在整理讲义时，不小心细白的手指被锋锐的白纸边缘割了一道，一丝丝鲜血慢慢地渗了出来，她竖起手指对男友娇嗔道：

“你看，好可怜哦！都流血了！”

她还眼巴巴地以为他会亲她的手指呢。

男友只看了她的手指一秒钟：

“别大惊小怪，这一点伤口没什么啦，一下子就好。昨天我骑摩托车跌倒，伤口比你大一百倍，我连叫都没叫！”

大约有一半的呆头鹅，会如此安慰女友。他说的是事实啊！

男人被最好的朋友倒了会，假装镇定地告诉自己的女人。

女人叹了口气说："唉，早知如此，何必当初，我叫你不要跟他的会，你偏要！果然……我说得很准吧！没关系，再赚就有了，留得青山在，不怕没柴烧！"

她当然也为那笔钱心痛，但她安慰他之后，男人竟只想把对那个朋友的气找机会往她身上撒。

把角色对调过来想一想

有些安慰，是火上加油。老实说，如果你真的不会安慰人，不如很沉默地用小狗般善解人意的眼神凝视着他就算了，何苦加深人家的创痛？

他需要安慰时，你可不可以暂时忘掉"我"的看法、"我"的立场、"我"的经验，设身处地想想"他"的需要？那才是真正的体贴，别把自己马上扯进里头。

很多"好人"都吃亏在一张嘴。没有恶意，只是搞不清楚什么时候该说什么话，反而把事端扩大，得罪人。你说得没错，但他只能恨你。

他是来寻求安慰的，还是来听"训话"的？对朋友，我们的安慰话反而居心仁厚；对于亲密的人，我们竟然如此"直言无讳"。

把角色对调过来，将我心比你心，想想他的需要，你便知道该讲什么话。

先生只要对惊慌失措的太太说："让你受惊了，真希望那时我在你们身边。"劝太太回家时只消说："我也不知道怎么办，但我真的很爱你。"（别提那暂时无解的婆媳问题，好吗？）男朋友只需学法国骑士吻吻她可怜的小指头，说："哇，好痛哦，对不对？"她会说："还好啦，没事。"

对被倒会的男人，可别说："我早就告诉你……"即使你心里是这样想——除非你也想跟他说再见。还是说："钱还是可以赚回来的。"好了。反正，你已经连带性地成为苦主了，你的沉默，会更叫刚愎自用的他有反省的机会。

下次不想跟他约？

不守时的罪过在于，不只浪费自己的生命，还浪费了别人的生命与焦虑。

有没有发现，和某些人说话，压力很大？

我偶尔会有这样的感觉：和某个人吃过一顿“其实也没什么要聊”的商业午餐，从喝汤到喝完咖啡，不过是短短的个把小时，却比参加三个小时的座谈会还累，一个头有如千斤重。走出咖啡厅互道再见，忽然有一种被解放的感觉。努力地深呼吸，企图把胸腔中所有的窒闷感全部消释掉。

也许会暗自发誓，下一次，再也不要跟他约了，跟他吃午餐，完全不是在休闲，仿佛是在备战状态。但仔细想想，自己乱无理的，他明明是个好人啊！

为什么有人会给朋友“下次不想跟他约”的厌倦感呢？原因大致如下：

- 他说话的语调太急，永远在抢拍子似的，每个句子之间的距离“间不容发”，使人心跳加速，感觉实在很累。

他说话如同疲劳轰炸，吐出的话语像强力胶企图把你整个人粘在椅子上；他也不会看出你想上厕所，如果你不“用力”打断，他的话似乎不会有句点。你完全置于被动的挨打状态，他并不关心你的感受，如果他面前坐的是别人，你知道，他也一样会如此滔滔不绝。

他对你过度好奇，有一连串“为什么”的问题，不断地在质疑你。最累的莫过于你还要跟他的价值观辩证。每个人选择的生活形态与自己的人生密切相关，每个问题或许轻如老榕树上的新叶，但真要回溯起来，你可能必须挖出巨大的板根，才能真正回答他的问题。而这位好奇宝宝又似乎不太在乎问题的答案，只在乎他自己的下个问题和下下个问题。

他对某些人的八卦太感兴趣，又想把对那人并不关心的你，拉进同一个“调查局”。

不管别人在说什么，他永远会把问题拉到自己身上。人家在聊宠物，他一定要说到某个姨妈的妹妹所养的狗。非得与此话题有“切身关系”不可，而且只在自己说话时才眉飞色舞。

他酷爱探寻隐私，非常关心你：“为什么和上任男友分手了？”“为什么年纪到了还不结婚？”交浅言深，使你穷于应付，你心想："拜托，你以为你是谁啊？"还要镇压自己不悦的感觉，看着他认真的脸庞勉强答两句。

他老是在批评，每一句话都饱含着负面情绪。全世界都不是好人，万事万物都在和他作对。你怕自己也被他恨到，只好很诚恳地当他的情绪垃圾筒。

如何拥有好人缘？

是的，就是因为这些原因，你发誓"下次再也不要跟他约"，但想想，他的本质真的还不坏，很照顾你，或很热心公益，你并不想跟他翻脸，于是你又跟他约了。

我还忘了提出另一个非关言语的重点，那就是：如果一个人有迟到的惯性，朋友们会自然而然不敢跟他约，尤其是单独约，因为没有人喜欢苦候，更没有人会因被放鸽子而快乐！

如何有好人缘？在订下一个约会时，观察自己有没有上述惹人讨厌的特征，改过就是。

如果你不得不跟上述人类进行闲暇时的约会，那么最好学会"看来认真听讲，实则神游太虚"。万一被他抓到你神不在焉，你只消微笑地找台阶下："后来怎样？""你的看法如何？""我在这方面没什么经验……"这些话可是万灵丹哪！

无往不利的柔性绝招

我们深爱的一切，会变成我们的一部分。

——海伦·凯勒

或许，有些人天生谈恋爱的智商就比较高。

我认识一位绝对可以说是“驭男友有术”的女子，虽然没有出色的容貌，在情场上总是很得意，男人老是被她吃得死死的，几年来她也未曾吃过恋爱的亏；即使她在情场上“另有高就”，被抛弃的恋人在伤心之余也都对她念念不忘。

相反地，许多美丽女子却常在恋爱中吃尽了亏，恋爱以惊天动地开始，以乌烟瘴气作结。

我观察她很久，如果要谈条件，只有她动人的声音谈得上颠倒众生。她到底是怎么做到的?

她以自信的微笑回答:“很简单啊，只有三个绝招。第一，每一次有事相求于他时，我都会说：‘有你在真的太好了，你认为这件事该怎么办呢？’我一定征求他的意见或帮忙，不让他觉得我在强迫他。当他帮忙完或发表完他的看法后，我就以手抚胸，很庆幸地说：‘谢谢，没有你我就完了。’如果是我犯了点小错，他脸色不好看，我一定很诚恳地说：‘对不起，都是我的错，我真是罪该万死！’你这样说，人家就会觉得，都认错了，别再打落水狗啦！”

这三句话虽然简单，倒也不是每个人都可以现学现卖。不少人真是“刚毅木讷”到要他说对不起，像要砍了他的脖子；要他说谢谢，仿佛他就要赔掉一生的尊严似的。两个人熟了以后，许多事情变成“理所当然”，变成责任与义务，礼貌性的致意全被归类成恶心肉麻的“客套话”。

原本含情脉脉的眼睛，不知道从什么时候开始，变成交通警察的眼睛，只会看见你违规该罚的部分。

说一声谢谢，道一声歉吧

有多少妻子和母亲，辛辛苦苦做完三餐，没有得到一声谢谢？她情绪哪里会好？难怪男人稍稍说了一句：“今天的菜怎么这么咸？”她便大发脾气：“不喜欢吃你可以自己煮！”

他觉得她小题大做、无理取闹，不了解问题的症结在于：她实在需要一点成就感，最爱的人却只懂得打击她。

多少丈夫在交出薪水时，也没得到一声谢谢。从前还有薪水袋，沉甸甸地放在老婆手上，老婆还会灿烂一笑；现在的薪水，无声无息进了账户，身为妻子如果没有发现钱少了，大概也不会和丈夫提起薪水的细目。他怎么会觉得辛苦有了代价？难道他不值得一声谢？

越能让对方感觉他是良性地被需要，感情越能历久弥新。

有一位退休的老先生告诉我，在他太太去世后，他最怀念的是，从前每一次拿薪水袋回家，受日本教育的太太总会用两手接过去，以感激的眼神仰望他，说："谢谢你为这个家这么打拼！"被需要的感觉、被肯定的甜蜜是那么温馨，每一次想起她，总是泪湿衣襟。

我们都得在日常生活中寻寻觅觅，找到一点生命的尊严。如果你从现在开始，眼尖一点，愿意发现那些被感谢遗忘的地方，轻轻说一声谢、道一声歉，感情世界永远不会令人绝望。

沉默未必是金

我最珍藏的，是我从没说出口的话。

——Orson Rega

她和他与朋友们相约出去郊游，男友开车，她坐在驾驶座旁边，一路上，两人习惯性没讲话。坐在后座的三个好友，觉得气氛怪怪的，问她："你们是不是在吵架？"

"没有啊！"因为，她老早习惯了他的沉默。

在风景区，肚子饿了，她要男友买烤鱿鱼给大家吃。怕他买的味道不称心如意，她又跟了去。只听见小贩问男友："要不要辣？"

男友没说话，点点头。

"要不要胡椒？"男友也没说话，点了点头。

"要不要烤焦一点？"男友又点点头。小贩看了看男友，笑了笑，开始比起手语来……男友一头雾水愣在那。

原来，小贩是学过手语的，把她男友当成聋哑人士！

她又好气又好笑，怎么样打破沉默的僵局都不是。

“他是比较沉默没错，但他以前不是这样的，以前追我的时候，他打电话给我，我们可以从午夜聊到黎明，可是现在，他简直比石头还安静。”她说。

无言的过程，必然走向无言的结局

有些男生，把女友追到前和追到后，说话的频率差很多，他会觉得“革命已经成功，我已不需努力”，但这样的人不算太多，多数是在交往的过程中，逐渐变得沉默起来。

通常，他身边都有一个渐渐变得唠叨、对他的操控欲越来越大的女人。许多维持了20年婚姻的伴侣，说话的次数都相当地“互补”。这种“后天性的哑巴”都有令人同情的形成原因，在家庭中或两人相处时，他可能很沉默，但换了个空间，他却可能口水多过茶。

为什么他会变成哑巴？

原因大约如下：

1.他总是说不过你，只好把沉默当成最有利的沟通利器，表达他无言的抗议。

——你是不是在沟通上太霸道了？习惯把谈论当辩论？

2.他完全认同你的看法，反正你反应比他快，你说得都对嘛！

——但是，如果你没有学习留些话给他说，这种状况会再恶化下去。

3.他和你话不投机半句多，你老是要他百分之百同意你的看法。他并不打算按照你的意思去做，但又想避免纷争，只好闭紧嘴巴。

——为什么你要控制他的想法和生活？虽然共同生活，但你们毕竟是两个人。此时别强迫他讲话，越强迫，他越恨你。

4.他的专长和你不同，在这个领域里，他怕一说出话来，就让你觉得他很无知。

——鼓励他也说说他的专长领域吧，练习在你不擅长的地方也当个倾听者，多话的人要体会“此时无声胜有声”的含义。

不管是什么原因，无言的过程必然会走向“无聊”的结局。假如说话的比例相差太过悬殊，到了你自己也受不了的地步，两人的语言沟通已经亮起警讯。

沉默有时是金。但在两性关系中，沉默未必是金。

有些男生，会觉得“革命已经成功，我已不需努力”。

只想行使否定权

语言是思想的声音。只想行使否定权的人，往往不知道自己要什么，却想控制一切。

这种人，以“没有意见”当随和的条件，但又不是真的没有意见。

他们其实很有意见，只是没有主动与积极的意见，只有消极性的意见；他们被动，但也不是随便被动。

他问她：“今晚吃些什么好？”

她面露微笑，温柔地回答：“你决定就好。”

“那去吃麻辣火锅好了，一人300元，可以吃到饱。”

“哦，不好吧，吃麻辣火锅火气大，很容易长痘痘，人家不要啦！”

“那么，吃日本料理好不好？”

“哎哟，我吃生鱼片会拉肚子啦！”

“去路边摊吃卤肉饭？”

“人家最不喜欢坐在路边，尘土飞扬，最不卫生了。”

吃这个也不好，吃那个也不好，两人徘徊街头个把小时，男人再好脾气都快翻脸了，最后草草吃了路旁的烧鸭饭，女生一肚子不快，不好意思说，全记在这男人账上，背地里说他小气鬼。如果你有这种“没意见”的朋友，除了鼓励这位朋友说出真正的想法外，别无他法。

有的人会以“再想想看”来拖延任何问题。他不说是，也不说不是，等的是“船到桥头自然直”，真的是境界高妙。万一等不及的那人把该做的做了，他就有了放马后炮的权利；万一做坏了，他则拥有批评权。他绝不当创作者，只当评论家。

不要吝于给别人赞美

过去在公家机构，有些领导就是靠这套“太极拳”的功夫混饭吃的。功劳他有份，过错则由下头扛，万一下头的人跟着懒懒散散不做决定，怠忽职守的帽子随时可能扣在“下人”头上。

行使否定权有高高在上的得意，也难免有点贪便宜的心态。指责别人过错时，隐藏起来的那句话是：“只有我是对的。”没自信却有强烈自我的人，多半以行使否定权的方式来维护自己的利益和尊严。

惯于行使否定权的人，必然吝于给人赞美，因为在他心中，只有自己最完美。他也常会责备世态炎凉、人情冷暖、世上知音稀，因为能够窥知他“隐藏性的想法”的人必然有限。

在维护自己最后的尊严、争取仅余的肯定时，不少不善于表达的父母，也会以行使否定权的方式作为表达。父亲莫名其妙地反对女儿婚事、母亲动不动就要挑剔媳妇的短处，就是基于“把他比下去”的心态。他没有恶意，只是希望晚辈能猜对自己的心意：他希望更被尊重，更被赞美，更多参与，而不是只被告知，只能被动地接受事实。

这时做子女的千万不要因长辈的反对怒急攻心、口不择言，把一桩喜事变成家庭悲剧。

不妨礼貌地问长辈：“您认为我该怎么请他改进，他才会有长进？”也许，长辈就会说出他的建设性意见来。

急着为心爱的那人辩解，或和心爱的人站在同一阵线，只会使反对者更确定“反对有理，批评无罪”，为了自己的面子，只好为反对而反对。

“被需要”的温暖，可以化敌为友

富兰克林就有个很“贼”的主意。有一位批评家不断地以很毒的话嘲讽他的所作所为，使他十分尴尬。富兰克林只好主动示好，向这位藏书颇丰的批评家借书，还书时还附上小小的谢函。这个温馨的举动使批评家体会了他的善意，感到“被需要”的温暖，两人终于化敌为友。

只想行使否定权的人，会被以德报怨的胸襟收服的！

Part 2

讲原则，爱得有创意

感情好像是一间很小的房子，它能够放进去的家具实在不多，不肯送旧，很难迎新。还有，如果你想新旧并蓄，要得太多，常是一转身就会撞到桌角。

你出一半，我出一半

爱情无价，装点爱情却非花钱不可。

——Melanie Clark

在东京旅游时，认识一个来自台湾的女孩，她说，她交过几个日本男友，但竟有些“难以适应”的地方，她还是喜欢台湾男孩。

最难适应的地方，是日本Y世代约会采取的“一半一半”的付账方式。

“如果你想要男女平等，有时你请客，有时他请客，一半一半也没什么错啊！”我说。

“不是这样，是每一次约会时，你付你点的菜，我付我点的菜。比如我们一起去吃中华料理，你点糖醋排骨和饺子，共1500日元；我点锅贴和味噌汤，共1200日元，即使你吃了我的，我吃了你的，我们还是各付各的，埋单的时候，算得一清二楚。”

哦，如果是这种方式……我沉思了半晌，我想我大概

金钱观不同，在现代爱情中，
铁定要算进“个性不合”之中。

也会“很难适应”。

真正爱你的人，不会算清楚

金钱观不同，在现代爱情中，铁定要算进“个性不合”之中。现在流行的约会付账方式，“一半一半”越来越多。虽说是一半一半，还是有些不一样的分法。

有一次接到一位上班族女子打到电台的电话，她与男友分手的理由也是“一半一半”：

“如果是有时你请，有时我请，我也可以接受，可是他的坚持却让我很难适应。我们去吃日本料理，共花了1150元，那么，依照我们的约定，我就要出575元。”

“如果是奇数怎么办？”我开她玩笑。

“我干脆多出那一元啦！”她说，“但是我心里会觉得不太舒服。”

她的故事让我想到谭恩美写的小说《喜福会》。一个中国女孩，嫁给美国先生，去超市，你付一半我付一半；水电费，你付一半我付一半；什么都算得很清楚，这桩婚姻最后还是不欢而散，也始终没有得到过中国丈母娘的认同。女孩的母亲认为，一半一半，那不叫婚姻，真正爱你的男人不会算得那么清。

一半一半，虽然是说好的，但真正实行起来，让人觉得很“生疏”，也很不舒服。到底该怎么办？

没有标准答案。唯一能说的是，金钱观是要协调的，两个人在一起，总要找出一个“你不会不愉快，我也可以接受”的方式，大家都看过太多应该琴瑟合鸣，却被理财方式拖垮的婚姻或爱情。

公平太难，双方无怨就好

在谈恋爱的阶段，每个人的经济能力都差不多。一个女孩如果坚持“什么都该你付”，恋人会觉得压力很大，如果他不好意思说出“你可不可以也出一点？”他可能就会以“不要太常约你出去”来维持他的面子。

很会赚钱的女人也很可能在刚开始时发挥母性，对男人说：“没关系，我帮你是应该的。”也许她自觉得很贤惠，但男人失业久了之后，总会发现老婆的脸色越来越难看。自觉付出太多而无法平衡的人，常不知不觉出现“讨债鬼”的表情。

著有《金钱男女》(*Woman,Man & Money*)的理财律师威廉·狄凡，强调在“生命共同体”的考虑下，以“清楚表达”和“观照内心的问题”来做财务上的决定。无论如何，现代男女的财务分配是个很难“公平”的问题，能做到双方无怨就好。

碰到不同的人，就会出现不同的理财问题。外在状况不同，理财问题也时时在改变。

明明有问题，却避谈魏晋名流口中的“阿堵物”——钱的问题，感情迟早会出现“个性不合”的问题。那个和女友“一半一半”的男子，恐怕还不清楚：“为什么明明你也同意一半一半，最后你还是因此而甩掉我？我可没占你便宜哦！”

爱情中的猎人心态

如果我们好好审视自己，会发现我们所拥有的，正是我们所渴望的。

——Simon Well

为什么我每一次谈恋爱都不超过十天？

这是由一个素来很优秀的大男孩所提出的爱情问题。

他目前在公立大学念书，也是该校的风云人物，因为每次谈恋爱都不超过十天，他便有了“花花公子”的封号；但从外表来看，他文质彬彬，应对进退都很得体，处理事情也有条不紊。

其实他并不想这么“喜新厌旧”。

问题到底出在哪里呢？原来，他在念高中的时候有个女朋友，两人一个住高雄一个住彰化，他的求爱勇气相当惊人，每周一、三、五放学后，骗爸妈说他要留在学校晚自习，迫不及待地赶往火车站，搭车晃到台中去，只为见女友一面。见到女友之后，又得赶火车回家。几个月后，光火车票就花掉他所有的积蓄。刚开始，女朋友看到他千里迢迢地跑来，异常兴奋，真的是难分难舍，久了之后，竟然落得“不知道要讲什么”。

不过塞翁失马，焉知非福。由于他心还没死，希望和女友念同一所大学，所以失恋后功课反而好了起来。

放榜后，很凑巧地和女友考上同一所大学，只可惜女友另有对象，死灰无法复燃。于是，他开始追求别的女生，但过不了十天，就发现自己和那个女孩“没话讲”，心中也残存着前女友的影子，只好默默地和恋人说再见。

“我忘不了她，怎么办呢？想来想去，好像还是她比较好。”他问。

得不到的永远是最美？

爱情的问题常常出在自己身上，只是我们不容易发现自己的问题藏在哪里，或者，不肯改变一下态度。其实，他跟所有的女友，包括前女友在内，分手的理由都是一样的，就是“没话讲”。

“我觉得你即使和以前的女朋友再在一起，也一样会以‘我们实在没话讲’而分手——你忘不了她，只是因为你忘不了那种辛苦的追求过程，你忘不了当初那种满腔热情搭火车的傻劲。你想想看，你是不是有猎人心态？”

“什么叫猎人心态？”

“就是还没打到猎物时，全身血脉偾张。打到猎物之后，就觉得，还不就是一只死兔子？你有没有发现，在追求时跟相处时，你的态度简直两极化？”

他恍然大悟说，对啊，追她的时候，都是他在讲话，追到之后，他就不想讲话了，只好变成她在讲话，讲来讲去，还不都是一些琐碎的事情。他只想冷冷地抽身，在学校的活动中发展他的事业心，得到一些成就感。

“原来是我自己没话跟别人讲。”他是个很会“举一反三”的人，马上想到，自己在追到女友后和女友相处时那种槁木死灰的样子，跟自己的父亲在家中永远沉默寡言的严肃模样还真像。他不自觉就模仿了父亲对母亲的态度。

“你希望10年后、20年后，你在自己家庭中的角色和自己的爸爸一样吗？”

他摇头笑着说不，太无趣了。

在感情世界中，如果持着猎人心态，“得到”永远是无聊的开始，而一次又一次的狩猎过程，总会让人质疑，是不是得不到的总是最美丽？

还没打到猎物时，全身血脉偾张。
打到猎物之后，就觉得，还不就是一只死兔子？

理工科男子的专业癖

电脑没有人性的部分原因是：程序一旦适当输入，进行顺利，它便完全诚实。

——Isaac Asimov

有一位年轻的理工学者带着他的一脸求知欲，在座谈会后找到我，一本正经地说：

“有个问题和您讨论一下好吗？我的女友很早就说我不浪漫，昨天还说我无趣得很难跟我在一起。我觉得我还好啊，她是文学院毕业的，为了她我还买了一本《唐诗三百首》呢！我该怎么样让她觉得我有趣呢？”

我看看他疑惑的表情……光看他那一身好像刚从寝室走出来的衣着、方方正正的脸型、正经八百的样子，和没有任何柔软度的说话语调，其实，我也觉得我很难和他讨论浪漫这件事，但这未免有点不公平，难道一个人“天赋”不好，就该与浪漫绝缘吗？

由于我急着赶最后一班飞机，没有时间和他讨论这个问题，只好请他e-mail给我。我对他说明了我的状况，问他：“现在几点了？”

“8点48分25秒！”他很精确地回答。

哦，我忽然明白了原因。

实事求是，是被三振的不浪漫理由

又是理工科“优秀男子”的通病！他们对任何事情都具有研究精神，在爱情中也兢兢业业地想要寻找“正确答案”，这使他们变得有些无趣。不过，一般女子如果可以把这种无趣看成“老实”的同义词，常会包容这种无趣，只是偶尔会有些怨言而已。

我记得有一次和朋友们相约郊游，我坐在一位优秀的理工科男子的车上，他聚精会神地开着车，脸上的表情好像要把前面还没走完的公路全卷进嘴里吃掉一样。我很善尽职责地想与他聊天，但很不幸地提出他专精的问题。当时，我指着旁边飞快的车说：“那辆车好漂亮，是A牌的五门车吗？”

“错！”他很响亮地回答，“那是A牌的跑车版，它加装了前后大包围、车侧扰流裙，还有后扰流板、不锈钢

相处了半年之后，情势逆转，
她怕死了和他走在椰林大道上的时候，
他总是旁若无人地对她讲解星象。

排气尾管、RECORO赛车椅，还有电动天窗。”

一时，我插不上话，觉得“很闷”。

我的一个文学院同学，从前最恨和她“天文研究社”的男友去看星星，虽然他们是在某次活动中，于星空下定情，那天，他热烈地为她解释猎户座、天鹅座……让她好崇拜他。活动结束，他来邀她看星星，她也都像只快乐的小鸟一样赴约，但相处了半年之后，情势逆转，她怕死了和他走在椰林大道上的时候，他总是旁若无人地对她讲解星象。

还有位音乐系女生邀电机系男友听音乐史的讲座。老师在黑板上写道：“1400年到1600年是文艺复兴时期，1600年到1750年是巴洛克时期……”

男友马上举手对老师说：“老师，错了，应该是‘1601’年到1750年。”

“那只是大约呀，喂，这不是数学题，不要这么死脑筋！”女朋友真想挖地洞钻下去。

对这个男生来说，他一点也没错，每次计算什么，至少要计算到小数点第二位，差1，差太多了，那一定是“错”的……

有个交了医学系男友的女孩更惨了，他来载她前，总问她：“你大小便了没？这一路可能会塞车，如果你不先上厕所，你的肾脏负荷会很大，也容易有便秘的问题……”

“实事求是，讲求精确”是理工科男生必备的求学精神，可是对谈恋爱的人来说，那却常是莫名其妙被三振出局的“不浪漫理由”。并不是因为你的口才太差，而是因为，你破坏了情趣，使人轻松不起来。连在休闲的时候，你也只专注在你的专业研究范围，人家“声东”，你“击西”，非要找出正确答案不可……

现在，聪明优秀的你，知道问题了吗？

“其实我也没多聪明，我的IQ只有120，不过我觉得以前做的那个测验不够精确。”啊，住嘴吧，别又来了！

他会爱女人吗?

分清楚可能与绝对不可能，再来努力吧!

她是情窦初开的高中生，一脸清纯地问我："我这一生只想要一次恋爱，您可不可以告诉我，恋爱成功的第一要件是什么？"

这真是个"大哉问"，我可不是"恋爱保证班"的老师呀！全世界没有人敢开这种补习班的。好像有人问你："我想中头奖，请问要买哪个号码？"

我愣愣站着，想告诉她，世界上没有她要的那一帖药方，但又不忍让可爱的她失望而回，可是，我真的不知道在短短时间内从何向她解释起啊!

"没关系，那您只要告诉我第一步骤就可以了。"

我笑了笑，对她说："先搞清楚他爱的是男人或女人吧！"

搞清楚你爱的人，是不是同性恋

并不是在说笑话。现在这个问题越来越多。我曾收到许多这样的投诉：深陷在暗恋或失恋（通常是还没开始就已失败）的人，说她爱上了一个条件很好的男人，可是那个男人只爱男人，他是同性恋，她该怎么办？

我想她真的爱昏头了。她能怎么办？难道她想代替上帝改变他的性向？她唯一能做的，是当他的朋友，为他祝福，也尊重他不爱女人的自由。

在爱中，很多人都想“愚公移山”，本位主义强烈得连人家的天性也想铲除。

还有如下的困扰：“我很喜欢我的同班同学，我们每天一起打球、回家，感情很好，没想到他最近在追某校礼仪队的一个女生，每天魂不守舍，还拿我当他的恋爱顾问哩！我心里很爱他，却不能说出来，我很痛苦，怎么办？”写信给我的青少年是个男校的高中生。他是个同性恋，遗憾的是他喜欢的人却喜欢女人，再痛苦、再悲哀有什么用呢？也只能尊重他的天性，他不会爱你，你顶多是他的朋友。你有爱男人的自由，他也有爱女人的自由。

有的痛苦很深沉，是生命中不能承受之重；有的痛苦很无聊，除了割舍，别无他法，那不值得再痛下去。

搞清楚他爱的是男人或女人，听起来好像很好笑，但

只能尊重他的天性，
他不会爱你，你顶多是他的朋友。

在过去同性恋被压抑的年代，确实有些女人做了“无后为大”观念的牺牲品：多半是相亲结了婚，生下了孩子，两人之间关系有点怪怪的，但她也说不出所以然，总之，日子还可以过啦！如果不是某一天下班提早回家，发现丈夫和某个男人在床上，她不会发现，那个男人只想拿自己借腹生子！

一个不忍卒听的爱情故事

有些人没搞清楚自己的性向就结了婚，法国的传奇性作家纪德就是最好的例子。他分明是同性恋，常常为美少男心神荡漾，却娶了他所崇拜的表姐马德莱娜。纪德的母亲本来是觉得马德莱娜配不上自己的儿子，但在发现儿子只爱男人后，反而虔诚地希望马德莱娜可以拯救儿子的“不正常倾向”，这个婚姻成为两人一生痛苦的开端。

纪德曾说：“我发现医生的理论错得很离谱，他就像其他人一样，认为同性恋倾向发生在生理正常的人身上，是后天养成的习惯，因此可借由教养、性和爱情来改变……”但他和马德莱娜始终没有结束奇妙的婚姻关系。

虽然在纪德心中，马德莱娜有其重要地位，但那始终不是两性之间的爱情。纪德和马德莱娜的关系始终停留在

“没有关系”的状态。他晚年的日记表白了他和马德莱娜的关系，他对她很迷恋，像儿子需要母亲般地需要她，却也有诸多抱怨。马德莱娜花了一辈子坚守这一段婚姻，而纪德则在无助的悔恨中度日。他在日记中充满矛盾地写道：

老天，我确定自己扭曲她的生活，比她扭曲我的生活为甚……我感到自己完蛋了、没救了，我告诉自己她的一滴眼泪比我的一片汪洋来得重要，我不再认为自己有权利把快乐建筑在她的痛苦之上。

但我为什么要提到快乐？我的生命、我的存在都使她受到伤害。

——摘自《沉默的恋人》

他们的婚姻就这样维持了43年。

这是我最不忍卒听的“爱情故事”。充满挣扎、痛苦，但并不感人。

现在你知道，为什么先搞清楚他爱男人还是爱女人，还是有其重要性了吧！

荒谬剧的导演住手吧!

许多人都把有用的热情和无谓的亢奋或狂热混为一谈。

——Richard Carlson

现代的都会爱情故事，荒谬剧越来越多，有些情节是连本土连续剧的伟大编剧都很难想象的，从我所接到的网络爱情问题越来越复杂化，便可看得出来。比如：

阿志觉得自己是天底下最倒霉的男人。约前任女友阿敏出来吃饭，才刚看到女友的脸，“你好！”还没说出口呢，阿敏的手机响了，看她甜蜜蜜地说话，就知道是她的现任男友打的……

“好，待会儿见。”阿敏挂断电话。对他一笑，说：“我男友叫我早点回家！”然后转头就走，他呆呆地看着她离去的背影，觉得自己的世界在那一刹那间崩溃了……

她是个年轻的上班族，有一次在公交车上遇到色狼，有位男子见义勇为地把色狼推开，让色狼吃了两个耳光，成就了她和他的爱情故事。

她同情他这个无业游民，让他住进了自己的小阁楼；同居了三个月后，她在网络上发出疑问的“爱情限时批”：“我不知道是为了报恩还是爱他，才和他在一起，我受不了他的晴时多云偶阵雨，脾气不好就打我。但是他对我也蛮细心的，脾气好时对我非常好……可是我实在受不了看他心情过日子……但是请别叫我分手，我已付出许多……”

还在念大学的芳玲和小朋是在郊游时认识的，她抽中他的钥匙，于是上了他的车，两人越聊越开心。到了晚上，芳玲没有随着一起去郊游的室友回到宿舍，而是紧搂着小朋的腰，和他到处打混。当晚，小朋带她到宾馆，她有了“一夜情”。

要命的是，这一夜情是她的初恋，不管她通过谁找小朋，小朋说不出来就是不出来，芳玲难过得不得了。越想忘，越忘不掉，每个人都看到她为他形销骨毁的样子。

走样的爱情，算了吧

别以为现在正在谈恋爱的Y世代，会比自己的父母处理感情的态度来得潇洒，不会像上一代一样坚持“虽然是错误的结合，为了孩子和面子也要天长地久”；虽然比较容易交到男女朋友了，但也因难舍旧爱，把自己弄得痛苦不堪。

敢做，不敢当；敢得，不敢舍。是现代爱情的特征之一。

提得起、放不下的人实在很多。

很多走样的爱情没有解答。我只能说，算了吧！但是他们的回答多半是：“可是我很痛苦！”成长本来就会有痛苦，就看你愿不愿放走那样的痛苦。

感情好像是一间很小的房子，它能够放进去的家具实在不多，不肯送旧，很难迎新。还有，如果你想新旧并蓄，要得太多，常是一转身就会撞到桌角。

这些荒谬剧要不要喊停，是导演的权利，导演是谁？当然是你。

主角也是你自己。如果你发现自己像个“大烂片”的演员，而且还是个烂演员，不断地像在吃NG一般，重复同一个镜头，那么你得思考，是否该换个剧本，或者是换个人演对手戏。

算了吧，离开旧记忆，不要周旋其中，记取一点教训就可以，上路了。

手机与两性关系

在我看来，你要彩虹，就得容忍雨。

——多莉·帕顿（知名女星）

最近，有一位做业务的朋友大呼受不了。因为他的业务必须靠手机而生存，但是有“黑客”入侵他的手机，使他不得安宁。

“婷婷在不在？”第一通电话，是由一个语气有点羞涩的男生打的。

他很客气地说：“你打错了。”

没想到过了一分钟，那个男生又打来：“我可不可以和婷婷说一句话就好？”

“这是我的电话，没有这个人。”

“你那里不是0935000000吗？”

没错，电话号码是对的。“可是没有这个人，这是我的电话。”

“你是她的谁？她现在跟你在一起吗？”

做业务的朋友有些火大，怎么你打错电话，还要硬诬赖我。“我告诉你，没这个人！这是我的电话！”

“你叫婷婷不要躲我！我有话对她说！”

“神经病！”他挂掉电话，但灾难来临。这个家伙像一只咬住一个号码就不松口的鳄鱼，即使是在半夜里，每隔15分钟就打一通电话。他很想关掉电话，但他有国外的客户，因为时差关系也可能在晚上打来，如果临时换号，实在没办法通知所有的人，只好暂时忍痛与这个疯狂的少年周旋。

我听了他的抱怨，只能同情他的遭遇。没想到过不了多久，我也碰到另一只死缠烂打的母鳄鱼，她一口咬定这是住在苏澳的陈先生的电话，大声骂我：“你是他什么人？叫他不要躲我！”每隔30分钟打一次，要试试“陈先生”会不会接她的电话。我想她一定是遇到一个胡诌手机号码的花花公子，而我的电话糊里糊涂地进了她的电话簿，这下子，我也成了无辜受害者。

还好我不是做业务的，第二天，我改了手机号码。

再文明的机械都不能永远控制一颗心

有了手机之后，两性关系有了一些新变化。

它使谈情说爱变得容易，
却也使恋爱失去了望眼欲穿的心情。

它使谈情说爱变得容易，却也使恋爱失去了一种望眼欲穿的心情。

年轻的恋人们始终徘徊在“很想时时和你说话，又怕电话费多得让我没饭吃”的矛盾之中。

想要掌握别人行踪的人，用手机紧迫盯人。

不想被控制行踪的人，则每天在想“如何让他不要怀疑我就在我所说的地方”，以及“怎样能够适时关掉手机，又有借口不要让他起疑”的理由。

许多人的外遇被手机的账单泄露了秘密。为此，私家侦探社多了一项营业项目。

而误以为有电话就可以联络爱情的人，死咬着一个号码拼命打，希望可以挽回爱意。

手机变成人们控制欲的延伸。

我很想说的是：道高一尺，魔高一尺，再文明的机械都不能永远控制一颗心；留不得，也只有舍得。刺耳的铃声，要懂得适可而止啊！

可惜就是爱赌气

怀恨报复，有如自己服毒，却以为可以毒死别人。

——Malachy Mccourt

人类这种“万物之灵”，有一种特别的习性，叫作“赌气”。动物做什么事，不是自利的，就是利于群体的。只有人，喜欢做损害共同目标，但也对自己很不利的事情。

淑敏和小伟是一对论及婚嫁的男女朋友，两人吵了9年，也爱了9年，前不久才论及婚嫁，却因为一件小事取消了订婚的决定。

淑敏和小伟共买了一辆车，两人轮流当司机。订婚前某夜，和朋友唱KTV，小伟第二天要上班，在12点时，对淑敏说：“喂，我要回去了，你走不走？”

淑敏正唱到她最拿手的张惠妹呢，岂肯放下麦克风，她在大家面前开玩笑似的对小伟说：“要回去你自己走回去，车留给我开回家。”

过一会儿，小伟神秘失踪了，淑敏才晓得，小伟真的气得走了几千米路回家。凌晨两点，淑敏把车开到小伟家，跟他道歉，小伟余恨未消，对她说："你如果真的有诚心跟我道歉，你就从我家走到你家，这样，我们一笔勾销！

淑敏个性刚烈，她也一言不发，就走了回去。小伟家和淑敏家相隔甚远，一个在台北市南边，一个在台北市北边，小伟也没想到，淑敏竟然也赌气走了回去。

淑敏一边走一边流泪，她想，半夜三更，小伟竟然叫她一个女孩子走回家，完全不顾她的安危，这种男人能给她什么保障？路上遇到几个醉汉，猥琐的眼神更加深了暗夜行路的惶恐，她踩着高跟鞋越走越心寒，冷不防扭了一下，痛彻心扉。这个账，当然一并算在小伟头上……

最精彩的是，到家之后，在清晨的曙光乍现时，淑敏马上再叫了一辆出租车到小伟家，把他大骂一顿。这下，不只惊动小伟的父母，连邻居的清梦也打扰了！

淑敏在事后还四处对好友投诉，一把鼻涕一把眼泪，说明她不愿和小伟订婚的理由，但却又舍不得和小伟分手……

很多爱情中的争执，非当事人不明白其中滋味。朋友在同情之余，只觉得很无聊："他叫你走回家，只是他赌气的话嘛，你又何必赌气，如果他叫你去死，你也会去死吗？”

要赌气也要赌得“利己”

这可不是开玩笑的，就有情侣吵到跳楼，只因为女朋友对男生说：“你死了算了！”基于报复和自残的心理作祟，男友赌气就当了真。人醒来时已在医院里，两条腿经过几年的复健才能走路。没赔上一条命已属万幸。

赌气也未必是坏事。有位专门采访成功人物的记者，调查那些名人成功的原因，发现大部分人并不是真的“一心想成功”，而是基于某种报复心理：好，你说我不行，你给我脸色看，我就做给你看！像战国时代的苏秦一样，如果老婆没有看不起他，对他冷言冷语，他可能不会有身配“六国相印”的一天呢！

我想，他最快乐的一刻，就是衣锦还乡时，老婆来求和，他命人泼了一盆水，对老婆说：“哼，我们的缘分，就像这盆水，覆水难收！”

如果真的喜欢赌气，不妨往“利己”的方向赌气。如果淑敏懂得在小伟盛怒之下，走出他家，偷偷叫了出租车回家，第二天再作弄他也不迟呀！我敢保证，小伟一定很内疚，而淑敏也不必将这么多苦头算在小伟账上。

会为大局设想的人，不妨多问他一次："你是说真的吗？"

问这句话还要有点技巧。要平心静气，可不能来势汹汹，像只吃人的猛兽。否则，他必然也会赌气说："当然是说真的，你笨得该跳楼了，跳啊！"

要依偎，不要依赖

我的意志决定我的未来。任何成功与失败都是我自己造成的，与他人无关。只有我拥有开启命运的钥匙。

——Elaine Maxwell

匆忙的世界最常看见的是漠不关心的眼神，最令人受伤的是拒绝的语调，每一个人，不管是男人还是女人，都渴望着一点温柔。

需要温柔，是因为在温柔的对待中，我们品尝到被需要的滋味。

不管时代怎么变，在爱中，“原始”的呼唤不会变，一个声音动听的男人，即使不露面，也可以通过收音机，成为大众情人；一个女人，只要学会“小鸟依人”，莺声燕语，男人多半无法在爱情中分神。

温柔与没原则千万别搞混

我们毕竟身处于一个不只需要爱情的社会，可是，温柔与体贴如同食物作料一般，有人口味重，有人口味淡，然而无论如何，放多了没人吃得消，而且会使人遗忘了食物的原味。

“你想吃什么？”第一次约会时，女孩问男孩。她中午时吃了控肉便当，晚上约会时想要吃得清淡点，不好意思直接下指令，只得用疑问句起头。

“我什么都吃，没意见。”男孩说。

于是女孩做主，吃了清粥小菜。爱情路上男孩只要和女孩在一起，一路没意见。终于有一天，两人在街上吵了起来，女孩咆哮：“你到底哪一天才有意见？你真是太无聊了！”

太没意见，到头来和处处有意见一样让人生气。

如果没有主见，小鸟依人的女孩也会遭遇“时过境迁”两样情。刚开始她处处问他意见，他说投票给谁，她就照办；他说她穿粉红色好看，她就天天像个娇滴滴的粉红猪。他一路宠她，宠到终于有一天，他对她大吼：

“你到底会什么啊？穿什么衣服也要问我？念完大学你还这么智障！你希望我每天没事陪你逛街啊？”

恋爱时，他夸海口说：“只要是可以看到你，从台北载你到高雄我都顺路！”于是你没有他就不会走路。许多女孩在恋人调头而去时，绝大部分的悲伤与沮丧来自于没有交通工具，有些女人接受一个不怎么爱的男人，竟是习惯他当她的交通工具。

这个活的交通工具到后来不是不愿意来载她，只是他很有压力，不想让义务取代权利。

只依赖，不依偎，爱的霉菌找上你

不知道有多少中年夫妻，把婚姻生活过成了“只依赖、不依偎”。太太责怪先生不肯带她出国、带她去玩，忘了自己也有双手双脚，也有行为能力和经济能力，丈夫不爱玩，她也可以天涯单飞啊，总比坐在家中板着脸怨他好；丈夫虽然会数落老婆不如外头妹妹温柔，却也在生活中对太太万般依赖，她不在，他连家里的卫生纸放在哪里都不知道。

尽管依赖对方，却不依偎对方。肉体上除了夜晚的“例行公事”之外，总是维持着遥远的距离。遥远到当孩子成了青少年上健康教育课的时候，还会质疑：“我真的是爸爸妈妈做那件事时生出来的吗？”

因为他们连父母牵手都没看过。

不知道有多少中年夫妻，
把婚姻生活过成了“只依赖、不依偎”。

不管是友情还是爱情，都是人与人间的依存关系。依存变成了依赖，对任何人际关系会变成慢性的伤害。

依偎，是爱的美感；依赖，则是爱的霉菌。

不快乐的喜帖

我们必须接受有限的失望，却千万不可失去无限的希望。

25岁的翠芳接到一张意外的喜帖，帖上的新郎名字是前男友阿平。两人虽然分手了一年，但还会断断续续收到有关他的消息。才听说他交了新的女朋友，竟迅速地收到他的喜讯。她的心情很复杂，不知道是否该为他高兴。

后来阿平打电话给翠芳，说他结婚是不得已的，因为比他大了几岁的女友“先斩后奏”地怀孕了，两方家长协议下，决定迎娶“长孙的妈妈”进门……

男友说得很无辜，希望翠芳有空的话在婚前与他见一次面，安慰他悲凉的处境，翠芳非常犹豫，不知道该怎么办？

男友忽然结婚了，“新娘不是我”这样的遭遇，对前女友来说，都很五味杂陈了，对于“现役”的女友而言，更是情何以堪。

大学刚毕业的黛玉接到男友喜帖时，差点哭昏了过去，喜帖上的新娘竟然是男友的前女友！他们不是老早就没有联络了吗？她根本不知道，自己的男友会脚踏两条船啊，他不是曾赌咒说，会生生世世爱着她吗？黛玉气冲冲地找到男友，男友也很无辜地说，他的前女友精神不正常，为了分手一事，动不动就要自杀，分了这么些年，他实在没办法，只好娶她。“那我呢，我算什么？”黛玉想，“难道我不会一哭二闹三上吊，就活该要输吗？”

男友竟然告诉黛玉，没关系，我只是哄哄她，我还是比较喜欢你。在他的新婚之夜，哭得死去活来的黛玉，竟然发现这位“别人的新郎”出现在她的闺房。“看，我连新婚之夜都出来找你，表示我心里只有你……”

软心肠的黛玉于是在男友的婚姻中扮演了多年的第三者，和一个动不动就自杀的原配争夺一个男人。后来，她终于发现这个男人的优柔寡断使她白费了许多青春和气力，男友始终还是选择左右为难；黛玉黯然退出战局。这些年来，她长大了，也成熟了，学会潇洒地说：算了，祝福他吧!

回首往事，黛玉发现，几年来支持她继续这段爱情的原动力，不是爱，而是她好强的本性，她根本不相信，自己会输给“那种女人”!最冤枉的是，她也发现，自己非常痛恨比水草还没原则的男友！

把祝福写在空气中

这些都是真实的例子。

想必有许多人曾收到令自己非常不快乐的喜帖；对许多适婚年龄的男女而言，“新郎新娘不是我”实在是感情上的七级地震。你该怎么办？安慰他？不必了，他转眼有了老婆又有了孩子。你安慰他，谁来安慰你？这一安慰，意志不坚的，恐怕又糊里糊涂地当了第三者。要不要参加婚礼？我看，大可不必顾虑风度，把喜帖丢进垃圾桶算了；如果真的要顾全风度，那也可以托人送礼金去，千万不要打扮得花枝招展去和新娘比美，然后哭倒在“露湿苔阶”。

至于他那些“其实我更爱你”的演出，不过是为了弥补你的缺憾和他的愧疚而已，你太心软是害人害己。

还是给自己一个公平的待遇，最宽宏大量的做法是把逝去的爱还给风，把祝福写在空气中，纵然他做出错误的选择，也是他的自由，你还是另谋高就吧！

几年来支持她继续这段爱情的原动力，
不是爱，而是她好强的本性。

找不到MR.RIGHT的女人

有时候我怀疑，男人和女人是否真的彼此适合？也许他们应该比邻而居，互相拜访就好。

——凯瑟琳·赫本（知名女星）

找不到MR.RIGHT的女人，可以分成下列几种：

一种是不想找的。这种人其实很少，那就算了，你有不谈恋爱或不结婚的自由。

一种是找不到的。理想很高，真的找不到，那也只有缘分，我相信“宁缺勿滥”，好歹你对得起自己。

但寻寻觅觅找不到的人之中，有一种是因为“不能忍耐瑕疵品”——也可以说“太懒得沟通”而根本不可能找到完美恋人的女人，因为世上根本没有她要的“极品”存在。

太懒得沟通，找不到“极品”

在电台节目中和听众聊天，主题是：“我最不能忍耐他的地方”。有名女子形容得相当生动，她说，她最不能忍受的是恋人贪小便宜。

“几年来，他其实对我很好，可是我不能忍受的是，他在公司负责采购，会把用公司的钱多买的圆珠笔、档案夹送给我……很多次都是这样。有一次他朋友的录影带店关门，叫他要拿多少就拿多少，他拿了好几套偶像日剧来送我……我就是很难忍受这种常常‘慷他人之慨’的作风。”

她说她是在严格的家教下长大的，认为“不是自己的东西不要拿”，因而这位男友的行径，在她想来必然暗示着某种重大的瑕疵。

“他很节俭？”

“嗯，因为他家境清寒，一切得靠自己。”她说。

“你告诉他你不喜欢他这样了吗？”

“没有。”她决绝地回答，“我宁为玉碎，不为瓦全。只要不好，我就不要了，我干吗对他说？”

“假公济私”固然是种不太光明正大的行径，但这位男子也有他无辜的地方。几年来，他完全不知道女友把他的“借花献佛”视为“不可原谅的恶德”，他可能还沾沾自喜呢！

我可以想象，这名可怜男人捧着圆珠笔和录影带想要跟女友“讨赏”的模样，和他女友“错综复杂”的面部表情。

他一定觉得自己被莫名其妙地淘汰出局，也没发现自己有任何令人讨厌的理由。

我建议，“下次”她发现男友有任何看不顺眼的地方，不如还是表达自己的想法，至少，沟通不成再把他三振嘛，死刑犯也得要知道自己是怎么死的。

“哦！”她若有所思地发出这么一声。

退掉瑕疵品，也要有原因

你有没有谈过“不知道自己是怎么死的”的恋爱呢？很多人有这种经验，又没第三者，恋人也没嫌过他，忽然有一天，他就被判了死刑。他爱你时，会容忍你，不肯说；当他受不了的行为被不知情的你一再重复，消蚀了爱意，久而久之，你的“犯罪档案”堆积如山，成为你非出局不可的原因。

这个原因，你永远不会知情。

实在不甘愿，对不对？

一点也不想告诉恋人“喂，别这样”的人，是最容易变成“翻脸如翻书”的。

设身处地想想吧，如果你是那个“贪小便宜”的男人，至少希望恋人告诉你，她不再爱你的真正原因。好歹给个机会改进嘛！

其实，我们每个人都是瑕疵品，生长环境不同，许多认知都不一样。

退回瑕疵品，好歹也要有个退货原因啊！

至少，沟通不成再把他三振嘛，
死刑犯也得要知道自己是怎么死的。

女人老想找饭票

采金须知藏金处，除非你只是想活动筋骨。

——John M.Capozz

惠萍和男友交往已经五年多了，彼此都很习惯对方，没什么好挑剔的。

没想到这一年，男友的爸爸生意失败，房子被法院拍卖，全家人都在为这一家之主的债务奔波，男友尤为尽力，早上去卖早点，晚上去摆地摊。惠萍很心疼他，有时会去帮忙，但却常因“你都没时间陪我”而吵架，男友的观念是：你也应该和我为将来打拼啊，干吗还扯我后腿？

惠萍是在小康之家长大的孩子，实在不适应男友的家里被经济风暴卷成这么残败。她说：“在我的观念里，男人是应该给女人幸福，不该让女人辛苦的，大家都认为我不该和他在一起了，可是这五年多来他对我一直非常非常好，也许交下任男友不会比他更好吧，我该怎么办呢？”

男人不该让女人辛苦？

这种问题，对上一代的女人比较不成问题，我们都看过非常多“不管有多苦，我要和你共度”的例子，但对这一代从没吃过苦头的女孩而言，爱情再伟大，男友再理想，都没有连唱KTV都没钱来得可怕。也许现代的女孩会很不服气，说：“我才不是你说的那个样子！”

那是因为没有遇到实际状况，实在想不到被“穷”逼急了的痛苦。惠萍在男友家遭逢剧变时，也曾好言安慰啊，但时间一久，男友还是被钱逼得焦头烂额，她也受不了了，怀疑男友口口声声说“我们应该为将来打拼”，是想多找个人来赚钱。

愿不愿意共渡难关？我觉得那得看惠萍自己的选择。她的男友看来是个有责任感，也吃苦耐劳的男子，并不是个只为自己享福却让女人辛苦的男子，也没有因为经济危机逼惠萍帮他调度。相识了这么久，他也一定没想到，女友在爱情的精神和物质层面全想捡甜头吃，不肯体恤他的苦处。

不只是惠萍，大部分年轻女孩都有这样的念头：“男人应该给女人幸福，不该让女人辛苦。”以前的女人，因为没啥工作机会，没受过教育，社会没有提供足够的就业机会，只好找“长期饭票，以谋求一生幸福”——这种积习到了现代，其实也没什么改变。

这个世代，某些杰出女性的虚荣嘴脸，有了些美化和掩饰，但程度仍有增无减；尽管自己已经相当会赚钱，处心积虑想嫁给“第二代”的女孩仍然很多。

影剧版上，某主播或某明星和“企业家第二代”谈恋爱的新闻总是刊在最醒目的位置，有的还会利用媒体放新闻来逼婚：在我的网站里，也曾接到一位要求“介绍一下逼婚方法”的女子来信。她说，她认识的是一个条件好事业心强的医生，又是中型企业家的第二代，他要能干的妻子分忧解劳，于是她为了男方拼了命读书，念了企管硕士，使男方十分感动。但是，他却迟迟不求婚，该如何逼婚呢？

她为了爱情拼命“上进”的恒心实在惊人。但我想，两人既已这么熟悉，何须出花招逼婚？如果他真想娶你，何须你“逼”？温和地问，直接地问，给他时间考虑，可能比较合乎男人的思考逻辑，他也不会娶了你却心不甘情不愿。

女子在字里行间洋溢着无声的虚荣感，使我担心，她即使得到她想要的一切，也会失去爱情中最值得珍惜的东西。

考虑一下你要付出的代价

我也担心她会发现，豪门子弟的生活没有她想象的那样高枕无忧。前不久看了一篇某杂志的报道，某位为了嫁给大企业家第二代，在耳朵上刺青表爱意的高学历女子，生了孩子也没取得大家长的谅解，闹完新闻后藏在英国过日子，每天忧心孩子会被抢走；小开对她也没有昔日大方，连生活费她也要委委屈屈才拿得到。

我想，如果她能发挥自己的聪明才智，不要走这条看似捷径的险路，现在一定会过着有尊严的生活吧！

你一定听说，主播台是企业家们物色对象的好地方，“飞上枝头”的主播们不可胜数。

有一位新闻界朋友告诉我，她那嫁入豪门的旧同事最近十分希望能够复职，因为婚后退出职场，变成夫家的人，虽说是富贵人家的媳妇，陪先生公婆吃喝当然轮不到她埋单，但大家也不觉得她需要什么零用，用的还是自己婚前的积蓄。从前自己赚钱买名牌没人管，现在非常怕有人说她浪费，基于自尊她也不敢伸手讨。另一方面，她实在没法再过公公一咳嗽，她就要递痰盂的生活……还是原来的工作快活啊！

在我看来，现代女人或多或少竟还是有找长期饭票的想法，只是程度轻重不同而已。请记得，“拿人的手短，

我想，如果她能发挥自己的聪明才智，
不要走这条看似捷径的险路，
现在一定会过着有尊严的生活吧！

吃人的嘴软”这句俗谚。问问过来人好了：你要付出的代价常比想象中高啊！

柴可夫斯基症候群

爱是一朵生长在绝崖边缘的花，想摘它必须有勇气。

——莎士比亚

很多女人想结婚，但同年龄的男人可能常有“匈奴未灭，何以家为”的气魄。女人一再暗示，他们就是很有原则地认为：“我觉得应该等经济有一点基础再说。”迟迟不肯单膝跪下，使想当新娘的女人心急如焚。

有些男人自觉年纪到了，在家长催促下想结婚，奈何女友可能比他们年轻，刚出社会，自觉没玩够，不想一头栽进家庭；不然就是女友觉得他有某些烂习惯还没改掉，她的安全感还不够，实在没办法说：“是的，我愿意。”

逼婚的手段，其实都是一些老招数，温和点的塑造各种气氛，用尽各种关说；霸王点的则以“在保险套上刺几个洞”制造既成事实，但“市面有售”的逼婚方法中，最严厉的莫过于“你不娶（嫁）我，我就死给你看”。

有些人看爱情越来越理性，也总有些人谈恋爱的手段越来越激烈。一个会以死相逼以求得婚礼的男友或女友，在这个时代真是屡见不鲜。这种“视结婚比命还大”的人，通常是在另一方脚踏两条船时搏命演出。

心太软、只想弥平一时纷争的，会选择闹自杀的那一个；珍惜自己长久幸福的，就比较能够忍一时之痛，对这样的不定时炸弹敬而远之。但这些有远见的人心脏得够强，因为，万一他玩出命来，一有三长两短，你的内疚很难抹去，而他的亲朋好友也会不分青红皂白地同情弱者，把矛头指向你。

依我的观察，现代人还是心很软的，有不少人还是选了“以死相逼”的新娘或新郎。有位痛苦至极的网友已经做了选择，但进了礼堂，还问我该怎么办。他说，他每天回家的感觉，比以前每一次被通知后赶到医院急诊室看她时更不舒服。

急症变成了慢性病；他的心地很好，却没考虑到，婚姻不是结婚进行曲演奏完，就交差了。

婚姻可不是冬令救济

我爱莫能助；每一次看到这种例子，我总是想到柴可夫斯基。

柴可斯基在37岁那年，收到一名过去的女学生的爱慕信，他回了信，并且无法拒绝她的要求见了她，结果那位叫米柳科娃的女学生爱他爱得无法自拔，以死相逼，柴可夫斯基就面临了选择。

在他写给红颜知己梅克夫人的信中，可以看到他对自己的未来命运做过评估："在我的面前，出现了两条路，一是牺牲她来保护我自己，二是和她结婚而牺牲我……"结果他竟然选择把婚姻当成冬令救济。

结果当然不是王子与公主快乐生活在一起。柴可夫斯基一个月后就体会"这种日子再过两三天我就会疯掉"，变成他自己企图投河自杀，而且不止一次。

新婚三个月后，他借故逃亡了，而且，到死也没有回来看妻子一眼。当时全莫斯科的人都在谴责他，同情米柳科娃，他只好躲起来。

我觉得柴可夫斯基很可怜，却很难真正同情他。毕竟，那是他自己的选择呀！

同情并不是爱。强摘的果实不会甜——现代人应该都知道这些道理了，为什么还有这么多柴可夫斯基的兄弟们和米柳科娃的好姐妹呢？

每一次看到这种例子，
我总是想到柴可夫斯基。

姐姐妹妹差很多

在爱情上，也许你宁滥勿缺，但选择婚姻，还是宁缺勿滥吧！

每年到了年底，红色炸弹就会多了起来，适婚年龄的人，免不了被炸个几回。

也许这时候特别能体会孤枕难眠的滋味，总是可以看到一些自觉年纪到了的人，终于放弃“眼高手低”的原则，很努力地把自己嫁掉，或娶个老婆好过年。

一个人要是狗急跳墙了，都像中了蛊一样，再离谱，再不登对，他也会告诉自己，对方就是我今生的唯一。特别是收到旧恋人红色炸弹的人，特别容易中这种魔咒，存着“既然他有，我也要有”的想法火速结婚，聪明人也会一时昏了头。

急中生智是很难的。法国有句谚语说：“选择愚蠢的婚姻，是天才的证明之一。”最能证明这句嘲讽的，应该是被称为“交响乐之父”的海顿，就因为一时急着娶妻，享受了一段长达40年几乎被逼疯的婚姻生活。

海顿曾在写给朋友的信上说：“我的妻子简直就是地狱中的魔鬼，她写了很多莫名其妙的蠢话给我，她每天都在烦恼一些无聊的事情，使我家从早到晚都沉浸在悲惨的气氛中，这种事对我已是家常便饭……”

还是宁缺勿滥吧

在音乐史上，大概只有海顿的夫人可以媲美哲学家苏格拉底的悍妻。她会在海顿作曲时，请人来家中诵经，除了对待教会里头的人以外，对人一律刻薄，也酷爱吵架。她总是告诉丈夫：“只要会赚钱，不管是皮鞋匠也好，艺术家也好，都没有差别。”于是，海顿刚写好的乐谱，竟常被她拿来当发卷或揉面的垫子。

海顿怨不了别人，这个婚姻可是他自己的选择，他结婚时已经28岁了，可不是年幼无知啊！当时的音乐家，除了作曲外，总得兼点“家教”，海顿教一个理发师的小女儿弹琴，很快地爱上了这个学生，没想到学生宁做修女，不做他的新娘（海顿是“我很丑可是我很温柔”的类型）；这时，聪明的理发师便推荐自己的大女儿。

在音乐史上，大概只有海顿的夫人可以
媲美哲学家苏格拉底的悍妻。

海顿可能以为姐姐妹妹应该差不多，急着要安慰自己被拒绝后的沮丧，同意了这件婚事，娶了当年31岁，每个人都认为是“非常固执”的新娘。

以脾气来说，海顿可以说是史上EQ最高的音乐家之一了，但他也受不了夫人的刻薄。万一海顿拿回家的钱不够，她就会写这样的信给丈夫：“现在家里一毛钱也没有，如果你死了，就没钱埋葬你！”

论无理取闹，海顿夫人其实也算是人中蛟龙，“嘴贱”的程度大概不会比现在当红的综艺节目主持人差。两个不同领域的“天才”所谱出的婚姻，长达40年——夫人是虔诚教徒，死也不肯跟海顿离婚，而且活到了71岁的高寿；海顿到68岁才重获自由。

这个婚姻，可以作为“宁缺勿滥”最好的例子。

其实，海顿也有错，如果当初他不要“没鱼虾也好”，夫人说不定可以一直当单身贵族，说不定会嫁给一个会赚钱的皮鞋匠，两人都可以幸免于婚姻的折磨呀！我想，夫人拿乐谱当发卷、揉面团——材质不对，用得也不太顺手吧！

即使是同一个父母养出来的，姐姐妹妹还是会差很多。海顿的例子是个警告：还是宁缺勿滥吧！当你的恋人送给你一颗红色炸弹，千万千万别气急攻心，做出错误决定，要沉得住气啊！

怎样才是好男人?

多少世纪以来，女人一直把男人的重要性看成原来的两倍以上。

——弗吉尼亚·伍尔芙

某电视节目中，制作单位征求妻子眼中的“完美老公”来上节目，这些老公虽然称不上完美，但都有与众不同的可爱之处。后来，有观众来电，为什么不请完美老婆来上节目呢？女制作人开玩笑道：“因为太多了，所以不稀奇。”

一直到现在，完美老婆常意味着极度的牺牲与成全，成全了所有人，但除了以亲人为荣之外，很难说出自己生命中有什么光彩与幸福，在“享受人生”这一页上留下的多半是空白。可以想象，节目会做成多么像政治教育课的教学录影带，充满着忠孝节义的光辉。

找到好男人仍然比找到好女人困难?

无可讳言，在这个时代，依然是的，但男人女人都在进步，两者之间的落差已经没那么大了。

别把幸福建筑在你的不情愿

什么是好男人，各人所需不同，你的要求越低，他必然越接近完美。如果一定要有个条件可循，对我来说，那个标准在于："他会不会把他的幸福建筑在你的不情愿上头？"不管你要的男人需具备何种外在条件，聪慧的女子若想一生无怨，这个要求必不可少。

在杂志上看到一篇我素来景仰的前辈女作家的访问稿。

才貌双全的大学教授提到了一段话。她说，为了杂志的采访，她把自己的著作目录整理了一下，并把出版年月也标了出来，没想到这一整理，发现自己的著作也不算少呢。拿给先生看，先生眼尖地发现某一大段年份的空白，问她："你1966年前在干什么呢？"她回答："大概全心全意在照顾孩子吧！"

她说，这个回答丈夫当然很满意，但她却有一点辛酸。长于富贵之家，嫁作人妇之后才貌双全的女子，努力地克服了无法做羹汤的"羞愧"，把人生的精华岁月，像添炭火一样埋进了旧时厨房的炉子里。

那一个时代，无论是如何多才多艺，只要进不了厨房，就会觉得自己没资格做贤妻。

我看了那一段文字，也觉得心酸酸的。

我也喜欢“偶尔”（就是在我高兴的时候）做些创意菜，邀少数朋友来饮宴，男友也很捧场。但我的时代已经不同了，我未曾因为不会做传统功夫菜而羞愧，下厨的时间、邀请的客人其实也全依我的决定，是“行有余力，才来下厨”，没有任何拿手艺来讨好人的必要。

更让我觉得幸福的是，我笃定身边的男人不会在我辛酸时感到满意，也绝不会因为我放弃自己喜欢做的事、放弃决定要过的生活，而觉得很光荣。

他从不阻挠我决定的行程，正如我从不阻挠他的决定。

我们不以强迫对方为乐。

他的前途可以不是我的目标，我的愁苦绝不会是他的快乐。

懂得自己该做什么事来让对方轻松愉快，靠的是自己成熟的自制力。

尊重你的人生乐趣

有一次有人问我：“你每天花那么多时间工作，如果爱情和写作你只能择其一，你要选择什么？”我听了这问题，十分惊讶，哇，这什么时代啊，我才不选择。跟一个有“爱我，就要为我牺牲你的人生乐趣”观念的人，值得谈超过三个月的恋爱吗？有这种想法的人，爱情简直是以虐待为目的，怎能相信，他是真的爱你呢，他只是深爱他自己。

没有任何条件比这个要件来得重要。一个好男人，是不会打着任何借口，对你的压抑感到满意，一点也没想分忧的男人。

Part 3

以尊重，常葆真情义

失去了平衡，爱得无微不至，就变成了烦；好事做尽，变成爱管闲事。爱，到底要让你爱的人在两性关系中找到他的长处，他可以发挥的地方。

要命的亲密称呼

每次看到你，我就很想独处一下。

——Oscar Levant

这是两个准博士的婚姻问题。

女的优秀，男的杰出，两个班对结了婚后，在双方家长的祝福下到美国念书。学校没教的爱情习题，进入了他们的生活。

老婆发现，老公一天比一天晚回家，孤独的女人本来还可以在家中读书写报告打发时间，但越来越难以忍受一室的孤寂。老公学校的功课可没那么重，他情愿到朋友家杀时间，与同学喝咖啡，也不愿意回家和老婆面对面。

老婆只好上网找网友聊天，也发了一封中英文夹杂的信给我。她说，她真的好恨一个人在家枯等的日子，为什么她越来越寂寞？爱是不是一定会使人这么寂寞？

我看她真的读太多书而无法活用知识，习惯写论文，于是把一个实际的“老公不肯回家”的问题，扩大成“爱的哲学”的问题。

负面绰号，长久必然有害

其实她大可不必花许多夜晚苦思问题的来源，只要一两句话，问题也许就可以解决。她的第一句告白，就显示出问题的所在：

“白痴是我们结婚后最常挂在嘴上骂对方的话……”

现在的亲密爱人之间的称谓，有的实在不比以前的夫妻高明到哪里去。以前对别人称自己的老婆叫作“贱内”“拙荆”，实在不够尊重；现在很多情侣的亲密称呼，更令人不敢恭维。

刚开始的时候可能觉得很好玩——两个书都念得很多的人，开始一场知识性竞赛，你问我这个问题，我觉得很肤浅，所以我骂你“白痴”；你不甘示弱，找机会回敬另一个“白痴”，于是两个人都变成了“白痴”；想想，你回到家里，就有人骂你白痴，你会喜欢回家吗？

被骂第一次，可能还会自我解嘲，但是谁喜欢一直被骂白痴？

一对恩爱夫妻相互间的称号，不是“亲爱的”“honey”

就是“宝贝”，总之，必然是能够引起直觉性愉悦的称呼，好歹有点让人消除疲劳、恢复精神的效果。任何带“负面因子”的绰号，长久以来必然有害。

如果你一定要强调女友胖，宁可叫她“杨贵妃”，也不要叫她“汽油桶”；长得娇小玲珑，你叫她“hello kitty”或“皮卡丘”，总比叫她“矮肥短”来得讨喜；就算他自己也承认自己身材不高，宁愿你叫“拿破仑”，也不愿你叫他“大番薯”吧！

白痴，真是个要命的绰号！

我请这位年轻的准博士，别再对电脑抒发郁闷了，还是对他直接说，你很害怕一个人在家的寂寞，不然，他还以为他送给你很多时间写报告，以为你既独立还快乐呢！也请她检讨自己的口德，可不可以自己先改掉骂他“白痴”的习惯呢？

不到几天，她回信谢谢我，她说了。果然，另一位准博士一点也没发现，自己的老婆竟然寂寞到这种程度！

Y世代，别轻易叫他“猪头”或“机车”

即使爱对方，我们也常忍不住想要取笑对方的缺点。

有一次访问一对结婚35年的夫妻，太太的愿望竟然

一个他已习惯得有点无奈的绰号，
会这么有杀伤力！

是：我希望他不要再叫我“不识字的”。太太因家境关系没读过书，先生取笑她“不识字”，久之就变成口头禅，一有争执，这几个字更成为她百分之百自卑的理由。先生觉得自己是在“开玩笑”，没想到太太真的是这么在意。

改掉叫人家难听绰号的习惯，需要痛下决心啊！你一定想不到，一个他已习惯得有点无奈的绰号，会这么有杀伤力！

Y世代，别动不动说他“猪头”或“机车”啰！

失落的荒野大镖客

我们的一言一行，成就今天的我们。

——Dean Stanley

他一向以“酷”著称，也娶了一位有侠女性格的女子为妻，刚开始是惺惺相惜；她喜欢他的男子气概，他也觉得她的任性很可爱。

朋友笑说他们的相遇是金庸小说里的乔峰遇上阿紫，两个人都不是简单人物，各有各的酷，虽然在武侠小说里头，这两个烈火雄心的人不曾来电，但在现实生活中，他们成了结发夫妻。

“反正我也没别的女朋友，看你敢不敢嫁给我，随便你！”这么决绝的求婚词，换来女方“谁怕谁”的允诺。

侠客和侠女在婚姻生活中，仍保持绝不认输的坚毅性格，也发展出了独特的吵架模式，谁说不过对方，就把身份证一丢，说：“拿去，去办离婚啊！”

孩子也有了，身份证依然丢来丢去，只不过，谁都没

侠客和侠女在婚姻生活中，仍保持绝不认输的坚毅性格，
也发展出了独特的吵架模式。

有真的去找“见证人”办离婚。因为有侠气的人都最爱面子嘛，要他们两人为了离婚而求人来盖章，面子真的挂不住。

很不巧地，在天时地利人和的配合之下，两人“莫名其妙”地离婚了。前一天虽然吵了架，第二天他们还带小孩到某儿童乐园去玩呢！开车经过某大楼，他看到一个写“专办离婚”的招牌，故意激驾驶座旁的老婆：“喂，昨天你不是说要离婚吗？你敢不敢上楼去？”

“谁怕谁啊？”妻子不甘示弱地说。

两人上了楼，该事务所的人看到他们带着孩子来，故意推托，说是一时没法找到见证人，要他们下次再来。他的“消费者最大”的意识抬头了：“明明是上班时间，怎么会找不到见证人，你们不是专办离婚吗？”

该公司看他来势汹汹，好像非办不可，于是拉开抽屉：满满的身份证件和印章，原来见证人都在抽屉里……当天，他们办好了离婚，妻子心灰意冷，也带着孩子搬出家门。

小心硬脾气会结出恶果

他现在非常懊恼，实在不习惯没有她的日子，想想她除了脾气硬之外，对他也蛮好的。他对我抱怨“专办离婚”公司“居心叵测”……

“唉，你不能拿刀子砍伤自己之后，还怪刀子太利啊！”毕竟，是他主张要离婚的，双方也都同意。

姑且不论由不在场的见证人离婚是否无效，他这种“荒野大镖客”型的酷哥，实在有必要检讨，自己有没有那么酷的必要？

“以前，她每次丢出身份证时，你有没有一种受伤的感觉？”我小心翼翼地问他，怕他打死不承认。

“嗯……是……是很受伤……不过……反正常常这样丢来丢去的嘛！”

“你有没有想过，你丢出身份证时，她也非常受伤？”

“她会吗？我看她也习惯了，铁石心肠。”

他陷入沉默，将心比心，他知道她也很受伤。她再刚强，也没有他刚硬；他都会深觉受伤，难道她会安然无恙？

倒霉的荒野大镖客，心不甘情不愿地离了婚。

种瓜得瓜，种豆得豆；如果不想结出这种恶果，别硬着脾气播种啊！

精神上的黄脸婆

如果你想要和别人做朋友，就让人家帮你一点忙吧。

——富兰克林

走过夜市卖花生小汤圆的摊子，嗅觉正被扑鼻的香味诱惑，听觉却被伫立街旁争论的一对夫妇所吸引。

“买衣服就是直觉，你第一印象觉得不错，就该买了，现在还要走回去，很远、很累耶！”丈夫有点不甘愿地抱怨道。

“第一印象？第一印象总是错的。每一次靠第一印象买衣服，都买了第二次就不想穿的衣服……”太太的声音比丈夫冷硬。

“那你要怎样嘛，现在走回去，搞不好人家店门都关了。”确实不早了，卖衣服的店家们稀里哗啦地拉下铁门，打烊了。“好啦好啦，就走回去算了。”

“万一买了不喜欢，送人也很麻烦。我妈妈我祖母都一定要货比三家……”太太继续吐着无关现阶段行动的牢骚。

我在一旁神秘地抿嘴而笑。

这位太太十分年轻，不会超过30岁，原本应是五官明秀，但她脸色难看，看来就和“美”字连不上任何关系。

多数男人的浪漫是被浇熄的

她的先生算是个慷慨的男人了，要她第一印象就下手买，别这般犹豫蘑菇，反正夜市里的衣服也没多少钱。对一个男人而言，要他在人潮汹涌的逛街路上来来回回、举棋不定地走来走去，比老婆买了衣服不穿来得严重。

老婆却不领情，硬要提出“反对意见”。而且，她犯了一个人际关系的大忌讳：反对意见被无意识地扩张，忘了真正的“标的物”，丈夫是陪她出来买衣服的，可不是出来和她开辩论赛的。

旁边店家的日光灯一盏一盏暗了，这一对夫妻仍像暗夜中对决的剑客，僵立原地，颤动着嘴唇。

女人常犯类似的毛病：想要“母仪天下”，为了表现自己是个贤明勤俭的女人，动不动就提“反对意见”，甚至反对丈夫的一点慷慨。“买戒指给我，太浪费钱了！”“你上次买回来的花，一定在冰柜里放太久，摆了一天不开也就算了，还发霉哩！”“不要去大饭店吃饭，”虽然她也很想在母亲节去浪漫一下，“在我们家巷口吃炒面就好了，不然就去超市买菜，大家吃得经济又实惠！”无意间，否定了丈夫的好意，想赢得一点赞美的男人反而被泼了冷水，他很难再有“下一次”献殷勤的机会。

某些男人天生不浪漫，但多数男人的浪漫是被浇熄的，然后，女人开始责怪男人不浪漫。其实女人先不浪漫。

你若觉得鲜花放不长，好歹也要好言好语请他改送盆景，还要送上深情一吻为谢礼。

你在有意无意间，拒绝他的好意了吗？

我们这一代的孝子贤孙多半有这样的经验：很想对爸妈好，某处开了一家格调高雅的餐厅，想请没过过好日子的爸妈去开开眼界。没想到，妈妈（爸爸通常不表意见，有的吃就好）从第一道菜批评到最后一道菜：

“这不过是秋葵嘛，市场一大堆才10块钱，这样一小碗就要100块，骗傻瓜吗！”

“任何牛小排只要腌24个小时，味道都一样，下次我做给你们吃。哇，600块一道，我实在吃不下去。”

子女一番好心，却如坐针毡，每一道菜上来时，大略都可猜出贤明的母亲想说什么。

付账时觉得好心痛，不是因为价钱，而是因为好心没好报。

女人不是有意的，但却喜欢在有意无意间标榜自己勤俭持家的美德，也在有意无意间，变成精神上的黄脸婆。

想要男人对你好，别先拒绝他的好意。

创造微妙的平衡感

船不靠岸，就游到船那里去！

——Jonathan Winters

朋友传给我一个网络笑话：一对恩爱甚笃的夫妇正庆祝他们的金婚日，看热闹的中年邻居问老先生说：“为什么你们可以维持50年的婚姻？从我出生起，就未曾听过你们吵架的声音，难道你们之间从来没有任何的争执？”

老先生说：“争执当然是有的，不过都不会扩大。我在蜜月旅行的时候，就懂得这个道理了。那时交通不便，我们到大峡谷去度蜜月，一个人雇了一匹驴子，她的驴子显然好吃懒做，没走多久就赖在路边休息，我只听到我太太冷冷地说：‘第一次……’

“驴子第二次想偷懒的时候，她又指着驴子说：‘这是第二次……’

“当驴子第三次不肯走的时候，她不慌不忙地掏出她的左轮手枪把它毙了。”

“夫人真是太残忍了！”

“可不是吗？我看不过去，停在路边指责她的不是，她并不跟我争辩，只是冷冷地对我说：‘第一次……’”

失去平衡的感情难长久

有些天长地久的婚姻是靠“恐怖平衡”来维持的。

我曾经看过一对棋逢对手的夫妻，先生脾气暴躁，动不动就对老婆说：“你不满意，随时可以走，孩子、房子都是我的！”而老婆也不是省油的灯，她也三不五时地警告老公：“你要帅没关系，但如果你敢有外遇，我就在半夜割掉你的命根子！”两人口出恶言已习以为常，但婚姻还是在某种暴力的韵律感中逶迤进行，如今也已度过了20个年头。

恐怖平衡可以维持两边的“偏安”局面，但无论如何，是不会让人有幸福感或安全感的。

在男女不平等的时代，人们对婚姻的看法是“男主外，女主内”，其实，每个人各有所主，要求的也是一种“平衡感”。

看阿公阿妈们的婚姻实例吧，如果他们各有所主，通常婚姻就没多大问题，顶多伴随着小吵小闹过一辈子；如果出现了一个什么都管的强男人，连家里的事情都要巨细靡遗地控制，老婆连使用私房钱及家用的权利都没有，他做了再多，她都会唉声叹气。相反地，如果老婆是女人，除了家里头还要管起丈夫的营生，那男人再怎么享福都会心生怨尤，总可以找出老婆让他讨厌的地方。

平衡感也随着时代的要求，有不同的内涵。现代爱情中，平衡感一样重要。失去平衡的恋爱，很难长长久久。

一个男人刚开始可能会喜欢一个小鸟依人、一切以他马首是瞻的女孩，但日子久了，他会觉得她怎么那么没主见，连要买什么颜色的手机也要问我，难道她没有自己的判断能力吗？

一个女人刚开始也可能喜欢一个管东管西、“如父如兄”的男人，他对她的好，使她很陶醉，不多久，她会发现自己失去了自由，对他咆哮道：“你可不可以不要把我当作你的宠物？”

失去了平衡，爱得无微不至，就变成了烦；好事做尽，变成爱管闲事。

爱，到底也要让你爱的人在两性关系中找到他的长处，他可以发挥的地方。也许他刚开始很拙、很一无是处（那你到底爱他什么来着？可能就是爱他的老实吧），好歹默默让他试，让他为你效点劳如何？

吃醋上瘾症

嫉妒是对自己的侮辱。

——叶夫图申科（俄国诗人）

吃醋有益健康吗？

稍微吃点醋，可能是为了证明“我实在是很在乎你”，但吃醋吃得太频繁、吃上了瘾，就会因为追求刺激感而不惜同归于尽。

某节目中访问一对爱吃醋的夫妻，这对俊男美女为彼此吃醋的光荣战绩真是惊人：家里能打碎的全打碎了，还曾经因此撞坏了两辆车。

车是如何成为“感情的牺牲品”呢？原因是：老丈人得了癌症，太太与主治医师相约谈病情，怕爱吃醋的丈夫知道，因此秘而不宣，但丈夫还是神通广大地一路追过去搭载，太太上了车后，激动的丈夫为了吓她，一失手就把新买的车子撞毁了。类似的车毁人未亡的经验，一再在他们争吵时发生。

这种“让感情常葆活力”的方式，
一般人大概没法承受。

太太也非省油的灯，她在家中电话装置窃听器，也不厌其烦地调出先生的手机通话记录，看看是否有任何重复的号码。果然，有一天查出一名可疑女子，真是一则以喜，一则以忧，她终于有“反击”的筹码可以大吵大闹！

两人在人前还是一对恩爱夫妻，有时也以彼此的吃醋沾沾自喜，并且会向对方炫耀自己有多少追求者，以期点燃对方的醋劲。

这种“让感情常葆活力”的方式，一般人大概没法承受。我想，他们大概可以算是“吃醋上瘾”的患者。

适度有益健康，上瘾小心同归于尽

两个人都有此癖，还算旗鼓相当。万一只有其中一人有此癖，另外一半可就苦不堪言。

有位朋友在广告公司做行销策划主管，只要一出公司大门，就得向老婆报告行踪。由于车子是公司派的，搭载同事到开会地点是常有的事，但之后他总是小心翼翼地检查，是否有同事的毛发留在车上——男人的落发也不行，因为老婆会怀疑是个短发的女人。但百密总有一疏，有天同事把遮阳板拉了下来，忘记摆正，老婆便“断定”他一定载了女生，因为“只有女生才会把遮阳板拉下来涂口红”。椅座的斜度和平常不一样也不行，因为“一定是有别的女人上了你的车子，摆出媚态”……我问这位朋友，他是否曾有前科，老婆才这么不放心？他很无辜地摇摇头。

另一半吃醋吃得过火，常使不断被怀疑的人“众叛亲离”，没有人敢跟他做朋友。不少“聪明”的老婆还会买通老公身旁的同事和朋友布下眼线，使得“旁观者”也左右为难。

过去当上班族时，就有一次经验。同事的老婆邀我吃午饭，我不疑有他，一口答应。饭吃了一半，她有意无意地“切入正题”：“你觉得我老公和坐你隔壁的阿美会不会有外遇？”

我很想告诉她，阿美不可能喜欢她那秃头大肚子的老公，但自觉缺德，只得保持缄默。她不甘就此停止，补充说明：

“如果我的老公和阿美有外遇，我会很高兴。”

看着她因口是心非而扭曲的表情，我只能转头看着窗外轰隆隆的车阵，一味祈祷：拜托！别怀疑我的品味就行。

闷葫芦大丈夫

与人沟通，最重要的事是听出没说出来的话。

——Frank Hug

依传统的标准，好男人就是要有责任感，这意味着好汉做事好汉当，男儿有泪不轻弹，一家都是他在养，外头吃了闷亏绝不回家投诉……

在日本经济不景气的时期，就出现了不少匪夷所思的例子。有个中年男人被公司裁员，不敢告诉太太，每天还是穿西装打领带出门，拿着太太为他准备好的便当，四处寻找打零工的机会，不然就是四处借贷，看能不能凑点钱回家，每个月照样把薪水袋拿给太太。过了几年之后，太太上街血拼时才发现，躺在路边行人道椅子上的那个男人，竟是自己的枕边人！一切真相大白。太太有点感动，但实在没法感激丈夫：这么大的问题，怎么把自己瞒了好几年呢？

我可以推测，这几年她也看足了丈夫奇怪的脸色，每次想问他："你最近是不是心情不好啊？"丈夫会咳两声，说："没什么，没什么，睡吧！"为了面子，他硬是不肯说出他失业的事实。

丈夫不说，是怕太太担心，但基于女人敏感的天性，这种隐瞒对太太而言，更不好受，大部分的女人宁愿与你有难同当，也不愿在两手拿着百货公司的提袋时，发现街上的流浪汉竟是自己的丈夫，恍然大悟时心里也添了千斤重的罪恶感。回头想想，她可能还会觉得丈夫不够了解她："这么大的事，为什么我不配知道呢？难道你觉得我不能和你共患难？"

心事埋心头，只能赢得冷漠

走极端都会出问题；有些男人永远长不大，什么都要女人帮他解决：小到修理家里的电灯泡、马桶、交水电费，大到债务危机、人情送礼，甚至自己收拾不了的外遇……全部都涎着脸向另一半讨救兵。

在公司受了气，回家又发泄在老婆、小孩甚至家里的狗身上，使每个家人变成受气筒，这种人久而久之会在家中变成一座"孤岛"。但也有一些"传统的好男人"，大有好汉做事好汉当的善意，在大小灾难发生时，一律把心

在公司受了气，回家使每个家人变成受气筒，
这种人久而久之会在家中变成一座"孤岛"。

事深埋心头，却也只能赢得家人或恋人对他们的冷漠和疏离，一样成为汪洋中的孤岛。

大宏，自认为是个标准的好丈夫，他白手起家的公司最近出了点问题，使他每天忙得焦头烂额，回家总是拉长着脸。太太问他为什么心情不好，他总是摇摇头说没事。公司已经运转失调，没多久偏偏为朋友做的保又受了连累（这种男人和男人之间的事，太太当然是不知道的）……他的脸色更难看，太太问不出个所以然，也与他相对无言，家中的气氛变得很凝重。

大宏每天下班不想马上回家，总会把车开到郊外透透气。有次把车停在一处荒凉山头，打开车窗抽烟，正陷入沉思时，忽然发现后头有两辆车跟梢而来，原来是老婆率众捉奸：一辆载着他太太和一群私家侦探社的员工，一辆是警车。大家啼笑皆非，没想到每天晚上睡在同一张床上的两个人，想法的误差值这么大。

大宏在传统的标准上，真是个“好汉”，但这样的老观念，放在现代家庭生态中，不但累了自己，还累了家人；家庭毕竟是一种生命共同体，没有人的情绪能够不被闷葫芦所影响。

还是斟酌一下，把对方也有必要知道的心事拿出来讨论吧！

无解的婚姻练习题

河流能抵达目的地，因为它懂得如何避开障碍。

——Noticiario Cremer

早知如此，何必当初的问题，大多已成了无可追悔的问题。

他从未想过，自己竟然会有郁卒得想找心理治疗师谈谈的一天。

有了车子、房子后，30岁的他决定结婚，娶了21岁的美貌妻子，原以为人生从此高枕无忧，只欠一个孩子；没想到婚后一年，他发现了妻子的婚外情；他压抑愤怒，很理性地找妻子沟通，年轻的妻子坦然承认爱上了别人，而且用塞满泪水的眼神无辜地请问他："难道结了婚就不能跟别人谈感情吗？"

他一向认为自己观念先进，也尊重女权，可是，这个问题却像炎夏里忽然从天而降的冰雹，让他无言以对。

她结婚两年后，开始想逃离如同坐牢般的婚姻，却因不想做个对孩子不负责任的母亲而犹豫不决。29岁时，她说，不知道当初是为了什么而结婚，也许是为了“女大不中留”的压力，也许是受不了再次失恋的打击吧，结了婚后才发现两个人的不同是天壤之别，价值观、个性、生活方式、兴趣都不同，唯一能共同创造的只有孩子。“他不开心，我也不快乐，但我和他谈过，他认为为了给孩子一个幸福的家庭，这个婚姻有存在的必要性。”

许多书、许多专家都告诉她，只要她努力，还是可以过着快快乐乐的日子。问题是，努力也得有动力，她一点也不想和一个越来越不想看到的男人“过着幸福快乐的日子”。

不如体察问题，掌握现在

我可不像某些婚姻专家那么天真地乐观着，认为婚姻中所有问题，都可以“理性”解决。我明白，如果一对佳偶已失去彼此间的好感，对两个人的未来没有期许，所谓的婚姻已经变成无解的问题。其中一方再努力，多半像不断学习佳肴美食来伺候一个失去味觉的人一样，对方只能味同嚼蜡地张嘴吃着。

很多人在还不成熟，或根本没准备好时，就因为“某个理由”而结婚。某个理由包括对方祖父母的百日之忌（直系长辈去世百日内得结婚，不然就要等三年；这个传统竟是很多不成熟的恋人结婚的唯一理由），包括年龄的压力、同班同学都在结婚、想脱离原生家庭、虽然吵吵闹闹但认识很久、想穿婚纱礼服成为众人注目焦点、他很老实或很孝顺应该是好丈夫、家中世代单传、大家都认为我们是很好的一对……

总有些人，只要穿衣吃饭，就不太重视爱不爱的问题；有些人很是敏感，如果没有一点爱的感觉，金山银山都让他窒息；后者的真性情，使他们再想重然诺，也没有办法忍耐婚姻制度。

从前的人很认命，结发就是一辈子，再坏也忍一辈子。现代人讲求“活在当下”，知道自己只有一辈子，在不了解自己对爱情的需要时不小心结了婚，婚后慢慢了解了自己，就不能无声无息地忍下去。

离婚，对孩子确实不公平，但是两个不快乐的家长，对孩子来说，未必公平。

如果来不及在婚前了解自己，错误已经犯下了，不如在体察问题后，掌握现在，不要谈当初，好好处理未来。

如果一对佳偶已失去彼此间的好感，
对两个人的未来没有期许，
所谓的婚姻已经变成无解的问题。

若婚姻练习题已无解，若全然不渴望未来或无法共处，还是得收拾善后，用最不伤害彼此的方法离开。

无解题永远是无解题，放自己一马也放对方一马吧！

不该你的不要拿

自制是最优雅的态度。

——爱默森

这不是极短篇小说，而是一个真实故事。

惠娟要结婚了。经过千挑百选的抉择及千疮百孔的恋爱之后，惠娟决定嫁给大舅妈介绍的乖乖牌、高考及格、有稳定收入的大中为妻。

“这孩子，我从小看他看到大，我可以帮你打包票，嫁给他铁定比嫁给你以前那男朋友好！”

惠娟为以前的男朋友文明，可是耗费了大把青春，也耗尽了泪水。文明是相当优秀的男子，只可惜花心了些，总是以“事业未成”为理由，把惠娟的暗示轻轻抛进“资源回收桶”里头。一心巴望做老板娘的惠娟，和文明一起辛苦创他的业，由两人公司做到20人的公司。文明没给她半点承诺，倒是送给她无数桶醋吃。30岁这年，惠娟终于喊停，她在递出喜帖的同时，也递出了辞呈。

除非你的另一半肚量一流，
否则还是记得：不该你的不要拿。

文明一怔。知道挽回无益后，文明为了弥补亏欠，出手大方，送了一辆价值50万的房车做贺礼！

好大的手笔！一时间，曾经大骂文明，努力为惠娟作嫁的亲友也感佩起文明的气魄来。车子送到门口，惠娟一边缅怀旧情，一边舍不得推却，收了这车。

连她的新婚夫婿大中知道此事，都没作声。大中心里也矛盾着：退回这么大的礼，太可惜了吧，虽然是她前男友送的……一个男人会送一个女人这么贵重的礼物，想必有些不可告人的秘密。

但大中还是忍了下来。他刚考到驾照，正需要这一辆车。闪亮的香槟色使他情不自禁地眯了眼睛……

婚后每一次吵嘴，不是在车上进行，就是会不小心捅到这辆车："对！我小气，不像你前任男友那么大方，送一辆车给你！"

有一回，车开到高速公路上，两人为了小事吵着吵着，大中把方向盘一打，停在路肩，气得按了一长声喇叭，径自推开车门，留下不会开车的惠娟……

小心收下"厚礼"的后遗症

文明"应该"不是故意的，但他的新婚礼物却送给前女友相当大的后遗症。

如果你的前女友或前男友送来的结婚礼物是一辆车，你收还是不收？

真是两难。不收，很难过；收了，以后会更难过。

除非你的另一半肚量一流，否则，还是要记得：不该你的不要拿，尤其是两人生活中必会共用的东西。前男友若有赔偿的诚意，你也舍不得他的好意，就请他送现金来吧！如要避免任何后遗症，切记保密。

真是两难。不收，很难过；
收了，以后会更难过。

该你的也未必能拿

尽管人生使你有一千个理由哭泣，你也要表现得你有一千零一个理由欢笑。

——B.C.R

她的声调有些悲伤，她说，她需要我给她法律上的帮助。

我一听，不免头疼，虽然是法律系科班出身，但我是那种拿到文凭就决定不再查阅法规汇编，也不想进法院的逃兵，我很想对她说："你可以请律师啊！"

但我也明白，在一般女人的想法中，进律师事务所比看妇产科来得困窘。于是，我静静倾听她的陈述。

"我12年前离了婚。从结婚时起，家就是我在养的，他什么都不管，有他跟没他一样。后来他有外遇，我们就在孩子6岁时离了婚。他签的协议书中，包括要付孩子的教育费和给我80万元，现有的房子则是一人一半……"

每个"藕断丝连"的婚姻，几乎都是不快乐的，若牵扯到金钱纠纷，则必成一笔当事人今生今世最大的烂账。

“这些约定，都没白纸黑字。三年前他来讨他那一半的房屋产权，我觉得既然有约定嘛，就遵守诺言，把房子卖了，分给他一半；可是他欠我的钱，经过我三催四讨，他只还了50万，还欠我30万，我该怎么借由法律途径讨回来？”

“你现在很需要那30万吗？”我问。

“没……没有啦！我只是觉得，他应该有点责任感，遵守他的诺言……”

我心想。你老早就该了解，他是因为没有责任感、没有遵守诺言，你才跟他离婚的。为什么在分手之后，你还要求同样的东西？那不是缘木求鱼吗？

她不只不需要那30万元。如今她创业有成，那笔钱对她而言并不重要，她要讨回的是所谓“公道”。

“我儿子也认为他应该还我这笔钱……”

为了一笔旧账，亲子共愤12年，划得来吗？

认亏才是占便宜

出乎她意料之外，我硬着头皮对她说，我不认为法律可以解决这个问题，能不能放开心胸，认亏就算了？

从长久来看，认亏才是占便宜，一点也不乡愿。

法律上，讨债权的的期限达15年。她也许可以找到当年的证人做证追讨。但为30万打完官司，有一半以上必会进了律师口袋。就算你讨到了，他没钱还，难道你不会心软？

其实，这位苦恼的女子，并不想要这笔债。她要的是被亏欠的青春。

被亏欠的青春，是无法索偿的。你也未必责任全无，至少，眼光有错。

已被辜负，何必花更多心血来自我辜负？美其名为讨回公道，其实对自己十分不公道。

再亲密，也有负面情绪

爱像小提琴，音乐可能偶尔停息，但琴弦却始终存在。

——Robert Graves

打电话到朋友阿芬家，她还没念幼儿园的女儿接的电话，语气很沮丧地告诉我："妈妈搬到别的地方去了。"

我还以为我听错——一个不到四岁的小女孩，竟然口齿清晰地再说了一次。我马上意会到，这对夫妻的婚姻又闹出严重危机，阿芬再度离家出走了。

未谙世事的小女孩辛酸的投诉，真是令我有"人间之惨事莫过于斯"的感觉。

我找到了阿芬。阿芬在她的婚姻中有许多委屈，是我老早就知道的事情，青年才俊的丈夫平常温文有礼，但一控制不了情绪，就像火山爆发，对母女俩大吼，阿芬也"忍很久了"，顶一两句嘴，就会产生"扫地出门"的悲剧，是"众所皆知"的婚姻插曲。

被阻挠的情绪发泄，会转成压抑

我沉默地倾听她把心事说完。她说，丈夫又莫名其妙地对她大呼小叫，赶她出去，她只好出走，把小女孩留在家里。小女孩十分机灵，偷偷记下亲戚的电话号码，平常只会咿咿呀呀的小孩，竟然在她出走期间主动打电话给外公外婆，也告诉每个打电话来的叔叔阿姨，让不想使父母朋友忧心的阿芬“事迹败露”，所有的人都知道她的婚姻又出问题了，四处在找她。

谈起小孩突然的早熟，她的眼眶红了：“我的女儿告诉我，她不喜欢爸爸。我对她说，不可以，不可以这样。”

阿芬从小是个好学生，也是人人称道有“帮夫运”的女人，虽然出走多日的她精神不济，脸上仍有“母仪天下”的表情。

我忍不住对她说：你可不可以不要立即阻止你的女儿表达她自己的情绪。

“毕竟他是她的爸爸，我不能教她恨爸爸呀！”她说。

“是的，但是你不要急着阻止她表达情绪，你应该问她为什么，为什么她不喜欢父亲，否则，被阻挠的情绪发泄会转成一种压抑，她长大以后，会把压抑当成理所当然。

小女孩不喜欢父亲，必然有原因，你必须帮助她分析为什么，她会把不分青红皂白的忍耐当成美德。如果她不敢表达意见，就没有人知道她的想法，也不会有人为了她的幸福，有效地改善自己的沟通方式。

我看到，许多从小任性倔强的女孩，谈了恋爱之后，忽然摇身一变，忍辱负重，受尽各种委屈，却没得到善待，或者，适得其反。

不只是在恋爱关系上具有“耐力”。有一回和张曼娟聊天，她说到发生在自己学生身上的荒谬例子：女学生在快餐店洗手间遇到一个疯女人，疯女人说她是情报部门派来的间谍，在洗手间把女学生毒打一顿，女学生竟然被打得毫不吭声，不敢为自己发出不平之鸣！后遗症是，她再也不敢上公共洗手间，每天活得惴惴不安。

压抑会自己寻找其他的管道浮现，产生更严重的后遗症。

技巧性的表达，才能消弭恨意

时代不一样，她们又不能像我们的老祖母，“吃苦当吃补”，表面无恨，但心中不可能无怨。表里不一，造成扭曲，对亲密关系来说，也造成恶性循环。

压抑会自己寻找其他的管道浮现，
产生更严重的后遗症。

从小被阻止表达任何负面情绪的女孩，会步上母亲的路程。明明很有能力，却完全无力改变自己在亲密关系中的委屈。

我想阿芬也是在“好女孩就不该表达负面情绪”的教育下长大的吧，她从来没有告诉她的另一半她真正的需要和她希望他改善的地方，甚至从未对他说：“我实在很不喜欢你一生气就大呼大叫，这样让我觉得我对你的一切付出都是白费心血。”以至于每一次冲突都是类似的冲突。

当然啰，这种意见的沟通，必须在两个人都心平气和的状态下进行才有用。

后来，丈夫道歉，阿芬又回到“平常幸福的婚姻”之中。我问阿芬，你告诉他你不喜欢他大呼小叫了吗？你有没有告诉他，家是共有的，他没权利一生气就赶你走？有没有找出替代性的沟通方式？

她说，在“谈判过程”中，还是没有勇气指正他所有的错误，只能对他说：“你很好，你没错，都是我的问题。”

她选择了继续逃避，祈祷她的丈夫“自行悔悟出其中的道理”。

“你错了，但我必须找个方式原谅你。”这是维持亲密关系中不得不面对的课题，最好的解决方式是技巧性的表达，而不是压抑，然后等待双方火山爆发。

火山爆发，往往创造出彼此难以收拾的恨意啊！

害怕拥抱的理由

一天4次拥抱只够求生存，8次使人维持现状，12次得以成长。

——Jack Canfield

经过了冗长的谈判之后，春兰又抱着忐忑的心情回到婚姻之中，她约了几位闺中密友喝咖啡聊是非；虽然说是破镜重圆，应该高兴才对，但她每喝一口拿铁，就叹了好几口气。

因为个性不合而争吵，这已经不是第一次了，朋友们早已司空见惯。只是怀疑着，春兰是个处处为人着想的女人，她的另一半也是个看来温和体贴的男人，两人学历、相貌很相对，但不知道为什么，每次吵架总把架吵成一定要劳师动众才能收场的问题。

既然又决定和好，大家也就三缄其口不再问起。春兰红着眼眶感谢众家姐妹在她无家可归时的温暖收留，末了，她要求每个人给她一个拥抱。

几个朋友愣了一下。在这个除了男女谈恋爱之外，不时兴互相拥抱的环境里，春兰提出的要求虽然并不过分，但难免有点突兀。曾经留学巴黎的阿妙先张开了双臂拥抱春兰，其他的朋友也照做了；一直没有交过男朋友的芳敏还说：“哈，在我记忆中，这可是我的第一次哦！”

春兰终于笑了：“谢谢你们给我的温暖。”

大家也都感受到了春兰传送的温度。说再见时，阿妙忽然说了话：“你有没有试着给你的先生一个拥抱呢？在吵架陷入僵局的时候，说不定，拥抱可以化解你们的‘个性不合’呢？”

“唉……”春兰竟又叹了口气，“我不敢……”

“不敢？”大家脑袋里的疑惑是一致的，结婚五年，孩子都生了，不敢？为什么不敢？

“因为，如果我给他一个拥抱，他会马上以为，一切都没事了，而我已经愿意和他有亲密关系，那会把我的情绪弄得更糟……我若拒绝，他会有更大的挫折感……”

原来，只是一个拥抱，这一对夫妻的诠释是如此地不同。

很显然地，除了夫妻的亲密行为之外，他们并无任何不具挑逗作用、只是表达关心的“灰色地带”肢体接触，在两人情绪都不对的时候，女方害怕以肢体的轻微安抚来放松双方情绪，男人也把自己弄得剑拔弩张，更不可能轻拢太太的肩说：没事没事。如果他靠过去，太太必然会闪躲，因为在她的认知里，每一次他用肢体碰触她，都是为了同一个目的。

肢体接触是一种有效的沟通

这样的例子在我们的社会十分常见。自从会走路之后，很多人已经无法记忆父母的拥抱。到了青春期，连父与女、母与子的距离都保持在“训话”的距离；长大了，一牵手就表示我是男女朋友，一接吻就是定终身；我们的社会缺乏一种“善意的肢体问候”，不会对好久不见的朋友拥抱，除了恋人也没有人在月台上亲脸颊吻别，难怪拥抱动不动就被想歪，变成“性骚扰”。

我也观察到了，有些人的身体对同性或异性都有很强的防护网，他们多半是从小就疏于被父母拥抱的人。长大之后，肢体僵硬，看到任何亲密画面都会大惊小怪地说：“好恶心！”只要不小心碰到他一下，他就会以“你是色情狂”的眼神回瞪。他常搞不清楚，为什么自己觉得自己不错，却没有所谓“桃花运”？

肢体接触是一种有效的沟通。语言很容易被搞成辩论大赛，但一个善意的点头或拍肩动作，却可以准确地传达

在她的认知里，每一次他用肢体碰触她，
都是为了同一个目的。

支持度。对夫妻而言，没有将肢体动作的意涵弄清楚，一个小动作就会带来猜测和紧张，误会裂缝只会越来越大。

我们都是只有单边翅膀的天使，只有互相拥抱才能飞翔——西方社会习以拥抱表达善意问候，是有道理的；想要好好沟通，我们不能再害怕拥抱。

Part 4

有计划，发现生命力

理想可以分段实现。

一步一步往前走的人，一回头往往也会惊讶，自己什么时候已经走过万水千山，当初最难爬的第一个山尖，在眼中，竟然只是一个小小的土丘？

快掘你的井吧！

我们各自拥有一笔时间任凭支配，你可以善用也可以滥用，总之每天都一去不回。

——Roger Wilcox

坐在一桌某大企业基层员工的隔壁吃泰国菜的我，一边吃饭一边倾听这一群女生的谈话，我把帽子压得低低的，好像是个私家侦探社派来的探员，生怕她们知道有人在偷听。

“我们大老板心脏病发作，自己开的医院竟然不敢看，还送到美国去开刀……不过也撑不久了，听说我们这家公司将是由他的小儿子继承，他很早就有关掉赔钱部门的打算……”

“我也听说了，公司内部有人在拟补偿方案！”

这群女生，大概是25岁到30岁的年纪吧！

“唉，这真是个坏年头，本来还在嫌薪水少，现在连薪水也没有了！”

“有补偿费不是吗？不知道可以拿到几个月？要叫我们走路，也得有时间让我们找工作吧！”

“找工作，不知道该做什么？我今天打开报纸求职栏，要的都是大学生，至少也要大专毕业，我们……好像会被淘汰……现在要找个人结婚也很难！”

女孩子一在工作上不如意，马上会想到“长期饭票”问题。如果我不识相地告诉她们，根据我做的调查，愿意当长期饭票的男子已不到5%，她们可能会更沮丧。

值得注意的是：愿意当长期饭票的5%的男人所期待的“被供养者”，是和他们母亲一样任劳任怨、一年365天都为家人服务的女人；很显然地，大部分期待“钱多事少离家近”、埋怨工作艰难的女人在家也都没有“阿信”精神。

抱怨找不到人嫁的女子，对她对座的同事说：“你最好啦，有老公养。”

“唉，但是我的薪水是用来还新房子贷款的，现在要养两个孩子，还要付贷款，你不会体会有多累……如果给我选择，我绝对不要这么早结婚！”

“你老公不是都会跟你家事分工吗？”

“对啊！现在跟你们吃饭，回家还有一大堆碗等我洗呢！”

大概是今天公司有了风吹草动，面临裁撤传言的分公司员工，出来聚餐，共商大计。后来，大计没有商议成，大家又开始在讲老板家族的八卦……

自己找到的泉水最甘甜

不知何去何从，不只是这一群面临失业的女性的问题，所有的年轻上班族都有同样的顾虑，虽然找到一份工作，却不确定自己是否喜欢这份工作；如果离开，也不知自己的一技之长在哪里——不断陷入“食之无味，弃之可惜”的乏味生活中。

很多人想在工作中得到成就感，却以为成就感会像天外飞来的灵感一样，从没想过“自己”才是创造工作成就感的关键人物。老板不会给你成就感，工作也不会自动送你成就感，如果永远用“萧规曹随”的态度敷衍工作，成就感只会越来越少。

网络上有人听多了上班族的抱怨，写了一则小寓言：两个和尚分别住在两座山，每天都要到同一口井打水喝，持续了几年后，甲山的和尚发现乙山的和尚个把月都没来打水，于是便到另一个山头探访他，发现乙山和尚并没死在自己的山头，反而是优哉游哉地在练太极拳。原来乙山和尚每天在打水后，会花几个小时在自己的小庙后头挖井，五年后，井水涌出来了，他再也不必下山打水了。

很多当了上班族之后能够转业或创业成功的人，不都是打完水后在自家山头继续挖井吗？当然啦，有人在当学生时就已经成功地挖出自己的井来了，而且还甘美无比。如果你家没有“天然涌泉”（别嫉妒，不用挖井就有成就的人很少啦），你就得想办法啰，自己找到的泉水最甘甜。

你的井在哪里呢？下班后把时间花在喝咖啡聊是非、和恋人家人为鸡毛小事争执、赖在沙发上看电视看到进入梦乡的人：那口井不会在你面前涌现的！

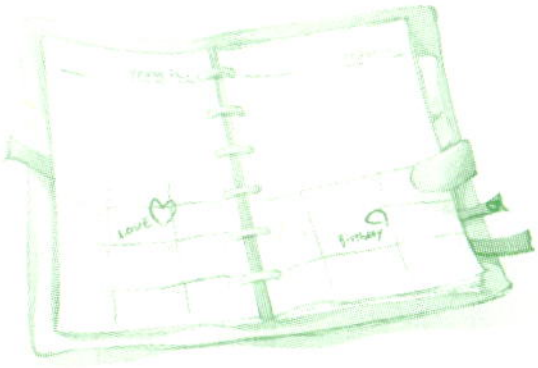

有生命力的人最可爱

——你要的不只是爱而已

改变现状还需要冒险的勇气，不只是一点点乐观而已。

——Robert Crais

“新的一年又到了，”在网站上收到一位少妇温和的抱怨，“可是我却不知道，自己的新年有什么新希望？曾经，我的座右铭是知足常乐，但我看到的自己，却是如此地不满现状。老公很疼我，但我就是觉得自己缺少了什么；我对宝贝女儿的要求，也无法控制地越来越严格了起来，更是越来越没耐心，只能在乱发脾气后自责……为什么我对生活的感觉变得这么坏？”

看完她的e-mail，我愣了好一会儿，仿佛听到我好些朋友的叹气。和别人比起来，她们是幸福的女人：老公老实会赚钱，孩子聪明又出色，公婆也相当体贴，受过高等教育的她们，把自己要的幸福经营得很出色，但在孩子逐渐成长的过程中，她们发现自己不由自主地变成一个幸福而不快乐的母亲，控制不了自己的脾气，好像缺少了什么。问自己为什么不快乐，又找不出具体理由来。

到底缺少了什么？

缺少的，是别人给不起的东西，是所谓的“自我实现”的问题。你的自我潜力尚待开发，就好像是地底下的岩浆，滚滚烫烫，正在寻找出口涌出来，难怪你如此地焦躁不安。

给自己多一点期许，让生活多一点成长

我们这一代的人，都听过一句老一辈的格言——“爱情是女人的全部，是男人的一部分”。许多女人，不管受了多么好的教育，有多么大的能力，常常选择的是成全幸福，而不是成全自己。事实上，时代完全不一样了，你受的教育、你要的成长、你想过的生活，已经不能再用“爱情是女人的全部”来局限。

幸福和实现自己，并非二选一的问题，也许兼顾并没法各得一百分，但我们好歹可以不要使它们坐的跷跷板悬殊过度，否则，你终会陷入“别人认为我应该快乐，但我是如此地不开心”的问题；你会把自己未完成的愿望不自

觉地放在孩子身上，他们动辄得咎，不知道自己为什么不讨你欢喜。

因为陷入枯燥的生活，身旁那个表现还不错的枕边人被你处处挑剔。有的人会忽视自己的问题，以为那是另一半不好的问题。

对X世代的女人来说，只能爱，并不能提供所有的人生慰藉。

好歹给自己多一点期许，让生活多一点成长。这虽然是人人耳熟能详的句子，做到的人有多少呢？

所谓自我实现，未必要立下多大的目标，只要有些成长，你会感受生命的喜悦。

我不管工作多忙，每隔一段时间，我就会安排自己上新的课程，现在，我在上日文课，也在上陶艺班，“同学”们问我，为什么要来学这个？我总是答不出来，其实我喜欢的是，去尝试一些“可能性”，让生活过得充实，看着每个同学专注学习的眼神，我总会想到，有生命力的人最可爱！

寻找生命出口，可以安抚你的焦躁，尽管那个出口未必是永远的出口。

光有爱不能使人一生高枕无忧，你一定还需要别的东西。别光说不练啊。

好歹给自己多一点期许，
让生活多一点成长。

没人要无业游民当女婿

——失败的人总有失败的理由

要是蒲公英这种野花很难种，它就会变成草坪上最受欢迎的花朵。

——Andrew V.Mason

我在网站上接到一封主题为“人间无情”的信，发信者是一位署名为“无业游民”的男子。他抱怨：“女友的父母坚决反对我们的交往，因为我没有工作，女友的父母就认为我和他们的女儿不配……世态炎凉，找到薪水让人满意的工作不是那么容易。总之，这个世界的人真是势利眼啊！P.S.她住在新竹，我住在中坜，相隔遥远。我是不是不应该再努力下去了？”

这封信使我啼笑皆非。我想他是个从不知反省自己的人，他需要的不是安慰，而是当头棒喝。我回信给他：“如果你有个女儿，你愿意她和一个总要找借口当无业游民的人交往吗？这不是人间无情，这是人间有情，因为关心。”

置身处地，换个角度想想，就可以体会他女友父母的痛苦了。

光从他简短的信看来，这个无业游民的问题尚不止如此，他实在是够懒了，不过是半个小时的车程，他就说是“相隔遥远”，我想他活着的目的，该不会只是躺在沙发上看电视，吃饭也只想走到巷口的面摊吃阳春面吧？

没有人是“没有理由”一败涂地的

有一句大家都琅琅上口的俗话说：“可恨之人必有可怜之处，可怜之人必有可恨之处。”说得虽然有点不留情，但也有部分真理：失败的人总有失败的理由，就看他要不要改掉他的问题。

日本有个很受欢迎的节目叫作“拯救贫穷大作战”，专门请各界专家来“救”那些开店不赚钱的可怜商家。专家总会发现，失败的人总有失败的理由，不是待客不周——客人进门自己就不知不觉地用倨傲的态度把客人赶走；就是专业程度不够——开烧肉店，竟然从没研究过烧肉料理，当了25年的厨师，不知道大骨汤的正确熬法；要不然就是有吊儿郎当的坏习惯：一边炒菜一边抽烟，不怕烟蒂掉进菜里……总之，没有人是“没有理由”就一败涂地的。

失败的人，总有失败的理由。

不受欢迎，也有不受欢迎的理由，世界不会无缘无故和你作对。

有个朋友说什么话都言之有物，却习惯把“你错了”当口头禅，只要他一开口，我们就会听到“你错了”，结果没有人愿意自讨没趣和他吃饭；有一回他抱怨大家都“太忙”“重色轻友”，家里的孩子也不把他当回事时，他那任劳任怨的老婆终于忍不住硬着头皮告诉他，“你错了”在他们的婚姻中是一把破坏力多大的刀。

他才恍然大悟，买了一本讲述人际沟通的书回来研究，把“你错了”的口头禅，改成“你说得有道理，不过……”再阐述他的意见；不但没有失去原则，人缘反而还变得好得不得了。

找出失败的理由，才不会继续失败。怨天怨地怨自己，都是白费时间。

因为“人生不如意事十之八九”而沮丧，感到自己活得一败涂地，必然可以在自己身上找到需要改进的问题。

爹不疼、娘不爱、老板不要、好男好女不理睬……常有某种“狗改不了吃屎”的原因，却从没检讨过自己。

要无业游民当女婿，谁放心？

谁爱唱歌给狗听

——成功的人总有成功的理由

把贫穷单单看作以统计数字来衡量的经济状况，是误解；贫穷是一种精神状态，是眼界开阔与否的问题。

——Patrick J.Buchanan

由于和我有工作上合作关系的名人很多，碰到陌生人或很多年不见的朋友，没话可聊时，一定会有人问我：“那个谁谁谁是什么样的人啊？”

一般人在问这种话的时候，多半抱着想要看看那位名人是否是“虚有其表”“没像大家想象得那么好”的心态，为了不要担上“在别人背后当小人”的罪名，我总会特别小心。人嘛，谁没有缺点？我总是会说出那位名人的优点，先消灭对方“扒粪”的意图，请问话的人说说那位名人成功的理由。

有些人在完全不了解一个人时，就喜欢为这个人下一些否定式判断，大概是出自一种嫉妒心吧，总觉得对方没那么好，根本不值得那么成功。于是把自己这辈子的不成功，出点气在对方身上，嘴里会尖尖酸酸地说："啊，他就是会搞关系啦！"把人家说成只会逢迎巴结的交际花。要不然嘛，就是把别人的成功赖给"万恶不赦"的商业社会："那都是靠包装的啦！"心里暗想着，我就是没有遇到伯乐，才没有平步青云的机会啊！

固然，有我欣赏的成功人士，也有我不欣赏的成功人士，但老实说，媒体开放之后，在大众媒体上能混超过三年的每一个成功人士，都有成功的理由，没有人是靠刮乐透奖券"碰运气"得奖的。也没有人毫无实力，凭着"会搞关系"就有人理；就算他真的"会搞关系"，那也是一种专长，不是打从娘胎就会讨人喜欢。

成功绝不是靠运气

我看到的所有成功人士，不管是哪一行哪一业，只要能自己打出天下来，都具有下列的特点，那就是：很早就思考过自己的未来，而且真心喜欢他目前的工作，愿意花力气、脑筋和行动力，让每一天都成为自己的杰作。

没有哪一个成功的人没吃过排头或苦头。几年前我曾在某座谈会遇到一位艺人，他在座谈会开始前的一分钟才赶到，头发是湿的，原来他刚在乡下唱完露天的“工地秀”。我问他：“下雨天会有人冒着雨听歌吗？”“是啊，根本只有两三个人嘛，还有麦克风触电的危险，但我还是唱啊，那个吴××更惨，他是唱第一个的，还只有两只野狗听他唱歌呢，他还不是照唱！”他自我调侃道。

几年后，他口中的×××和他自己都变成当红的一线主持人。

谁爱唱歌给狗听？我想，一个人在只有两只野狗听他唱歌时，还能面不改色地完成工作，那么，还有什么惨状可以打击他呢？

也有声称“热爱写作”的新人对我说，他不喜欢某畅销作家的作品，觉得他成名的企图心太强，问我意见如何。他大概想要证实是否“文人相轻”吧！很抱歉，我的回答让他失望了。我对这位有志成为同行的新人说：“你有没有发现，他的作品实在有进步？光从他每天早上五点起来‘闻鸡写稿’，我就不认为他是浪得虚名。”

成功的人必有一种自信。那种自信是靠行动力养成的，不是父母生的，也不是天上掉下来的。

一个人在只有两只野狗听他唱歌时，
还能面不改色地完成工作，那么，
还有什么惨状可以打击他呢？

人人或许都有些“死也改不了”的问题，但成功的人必有成功的理由，如果你没有看到正面的理由，只想要听八卦聊是非，看看那个人有没有缺点，拿别人的缺点来宽慰自己，那么，我们不会从别人的成功中学到任何智慧。

承诺要及时实现

亲身去体会，总比别人代劳来得有趣，正如浪漫恋爱总比媒妁之言来得精彩。

——Terrence Rafferty

原本也是个感人的故事，但它的弦外之音存在着人性的悲哀。

一位高学历的老公娶了崇拜他的老婆，18年里，他为着他的理想而奋斗，而她为他生儿育女而奋斗。他原本自负到近乎自大，几乎忘了老婆也是个有知觉的人，经过了一场差点要了他的命的大病，才发现老婆对他的耐心与爱实在难以偿还，于是他决定要好好补偿老婆一下。

“我发现，结婚18年来，我从来没有带她出过大台北地区，所以我决定在结婚20周年时，完成她的志愿带她到日本玩！”

18年没出过大台北地区？这未免也太离谱了。这证明了什么呢？证明了老婆除了尽自己的传统职责之外，不能也不肯享受自己的生活乐趣；也证明了老公从来没有把老婆的快乐考虑进去。在他眼里，她仿佛放在家中阴暗角落里的陈年家具。

对未来画大饼，不如马上及时行动

这个承诺未曾在老婆苍白的脸上牵动任何情绪，显然老公的承诺常是梦幻泡影。我听了也不觉得乐观。他们的经济并不成问题，到日本去玩显然也不会超过一个星期，这么一个小小的计划要两年后才“可能”实行，代表着这个男人很可能会在不久之后就忘了这个许诺。

我建议他不要画大饼了，如果近期不能出国，为什么不明天就带老婆出大台北地区走走？去洗洗温泉、赏赏花、带孩子去游乐场也很好啊，何不按部就班地实行计划？

一个不难实行的遥远计划，意味着你并不想实行它。明日复明日，明日何其多，人们总喜欢谈论着“我未来要……”而从未付诸行动，似乎以为自己有长生不死的能耐，有无限的未来。

类似的例子很多，一位很熟的朋友兴致勃勃地告诉我，他打算到西班牙自助旅行，但要先学好西班牙文才

我建议他不要画大饼了，如果近期不能出国，
为什么不明天就带老婆出大台北地区走走？

去。看来这个计划真是太有水准了，我苦笑地“诅咒”道：“我看，你三年内一定去不成。”他的目的没那么难，而他所取道的路径，则是千重山万重山。这就好像明明可以马上搭飞机到印度，偏要学唐三藏的方式跋涉到天竺。

不过，这也不是最窒碍难行的，我们可以随处听到二三十岁的人说：“等我退休之后，我一定要……”一定要的后头接着的动词，可能是买一块田，可能是学画图，可能是学陶艺，可能是练书法，可能是短短的旅行，可能是环游世界……据我统计，有80%是他现在省掉晚上转遥控器的时间，就可以做的事情。

为什么要推延？多半因为惰性，或者目标太远大，所以感到实行起来太难。有一位哲学家曾经说：“如果你把达到你目标的距离切成一小块一小块，分而食之，没有任何目标太难达成。”

这句话的确帮了我很大的忙。在升上法律系四年级，却想考中文研究所的时候，我深知，我只有一年时间，却必须念完中文系的四年课程，虽然我有点基础，也很有兴趣，但古典典籍从四书五经到诸子，从文字学、声韵学、训诂学到文学史，如此浩瀚，何况我还有繁重的本科课业，想要“光荣”地从法律系毕业，我该怎么办？我根本没有时间制作计划表，也没时间烦恼读不完的问题。每天早上，我采取各个击破的方式，诗三百，每天念三首；《史记》列传，每天读一篇……要不了一年，念完了中文系四年的课程，我报考了台湾大学、台湾师范大学和台湾东海大学的研究所，运气不坏，全部考上了。

运气更好的是，我还在大四拿到了法律系的书卷奖。

我照样参加郊游和舞会，也没少玩到。

结果也许不能如意，但在过程中，我却享受到了脚踏实地的乐趣。

想减少后悔吗？现在就开始

人类不会因梦想而伟大，只会因实行梦想而容光焕发。

当我发现自己的惰性开始壮大，把自己当成驴子，在鼻子前面悬挂红萝卜时，总有一个清脆的声音撞击着我的脑袋："你真的想做到吗？为什么不今天就开始？"

今天就开始，是减少后悔最好的方式。至于能否达成目标，靠的是耐心和一点运气。

举世公认为天才的达·芬奇，有一句名言十分有趣：

认真度过一日，使人睡得安稳；

运气更好的是，我还在大四拿到了法律系的书卷奖。

努力付出一生，使人死得安详。

也许是因为想做的事太多，才华太过洋溢，这一位涉足军事、建筑、绘画等多方面的天才，留下许多未完成的作品，虽是文化瑰宝，却使后人有些许遗憾。但他自己天天充实过日子，应该并没有什么遗憾，也没时间遗憾。

理想可以分段实现。

一步一步往前走的人，一回头往往也会惊讶，自己什么时候已经走过万水千山，当初最难爬的第一个山尖，在眼中，竟然只是一个小小的土丘？

如果你不属于大多数

想拉拢别人支持你，首先要让他相信你是他的挚友。

——林肯

从小，你是不是常常被长辈骂“甲人拢未亲像哩”（闽南话，意谓跟别人都不像，没看过你这样难搞的啦）？或者，在逐渐长大的过程中，你发现，自己和“大多数人”不太一样；基于人类追求认同感的天性，你一定会觉得自己不被了解、非常孤独。

其实，至少有一半的人，从小就有“我跟别人不太一样，我的个性跟父母期许的大不相同”的感觉。我们的社会，在观念和意识上却都是个“多数决”的社会，跟多数人一样，往好处想，你会活得比较不费力，往坏处想，你会很平凡，有时会平凡到很平庸；跟多数人不一样，或违反所谓“正常”的期许，你会被排挤，会承受压力，会被讥为走极端，甚至会被强迫改正。

多了一根指头会被视为畸形，左撇子会被改成右手，刚强的女孩会被要求柔弱一点，文弱的男生会被笑成娘娘腔。长大后，你若逾龄未婚，也会因为跟大多数人不一样，被家长施加压力，或者有人在背后说你一定哪儿有问题；离婚率虽然一年比一年高，离婚的人再谈恋爱也还是会受到很大的阻力。

跟大多数人不一样一定有压力，但不代表你就一定会背叛自己，变成跟大多数人一样；如果你已意识到自己与众不同，强迫将自己变成和大家“清一色”，或隐瞒自己的真性情、遮蔽事实，我相信，“强迫中奖”的感觉会比承受“做我自己”的压力更痛苦。

勇敢承认自己的性向，活得更自在

最近我在网站上收到一封18岁少年痛苦的来信。他说：

我一直为感情问题所苦，因为我是同性恋，遇到自己喜欢的人，却不能表白。有时很想找朋友聊聊自己的性向，可是被中国五千年来的伦理道德压抑着。我觉得这个世界很无聊，死了算了！如果连你也歧视我，我觉得这世界就太不公平了！

这封信让我觉得又好气又好笑。我什么话都还没讲，他就预设自己会受到歧视。还有，什么叫作被五千年的伦理道德压着呢？老祖宗可没立法规定男人一定要爱女人，女人一定要爱男人哪？我回信给他，对他说：

要别人重视你，你不能先歧视自己。我有很多同性恋朋友，我看他们都活得很不错，越坦然承认自己性向的人，活得越自在。如果你在这世上属于少数，就要先学会，做个勇敢的人，不要那么渴求“大多数”的完全认同。

先要明白，你是少数，但不是不正常。我的一位gay朋友说得好：“你们没有资格来赞不赞成同性恋，因为我天生就是同性恋。”是的，这就像我们不喜欢白种人没有理由地歧视有色人种一样，我们天生就是这样的肤色，不需要你来肯定或否定。

有一位明明不会爱上女人的朋友，最近竟然对我说，他奉父母之命，随便相亲找个女人传宗接代去“交差”。我劈头将他骂了一番，问他：“你有没有想过，这样一来，对那个被你‘借腹生子’的女人公不公平？为什么那个女人要为你传宗接代？这样的欺骗是最大的罪恶之一，你太没原则也太没人性了！”

大多数人的偏见确实是存在的，但只要自己站得稳，就不怕东西南北风。但站得稳，这是要靠自己对自己的认知与在生命过程中的努力。

你生来如此，必然在冥冥之中有些道理；你不需做大多数人，但还是要做个真诚的人，不管在爱情上你爱男人还是女人，在人性上你一定要能爱人！

请做个快乐的母亲

首先，让自己放慢脚步，好好品尝自己所做的事情。如果你一直当个旁观者，你会觉得自己并不重要。

——George Weinberg

常到我姑姑家聊天的张妈妈，恐怕是天底下最不快乐的母亲了，只要她一打开话匣子，整个客厅就被排山倒海的怨言诽语所淹没，没别的，她又开始抱怨她那三个杰出优秀的儿子和人人都说是聪慧美丽的儿媳妇。

“我是怕他们太累，所以到楼上帮他们打扫，可是我大媳妇就不高兴了，她在背后把我的帮忙说成定期安全检查，我儿子也要我少管闲事！”

“他们讲话真的这么不客气？”刚听张妈妈故事的人，对这“不孝有三（个儿子)”的故事都会深表同情，或感到怀疑。

“我大儿子是叫我不要太辛苦啦，可是我知道他的意思，有了媳妇就不要娘了；我本来跟小儿子最好的，小儿子结婚后也不行了，我跟他说我的委屈，他竟然也对我这个做娘的说，要尊重别人的隐私权。我真是伤心！唉！

“我二儿子二媳妇在美国，有一年暑假我和老伴去看他们，住十天我就想走了，每天给我们吃牛排，不然就是带我们到中国餐馆。我说这样不行，不健康又浪费钱，我想把我张家祖传的烹饪手艺都教给媳妇，媳妇学了一天就故意躲着我！现在的女人怎么了？想当初我们可不敢这样对婆婆！我对儿子说了媳妇两句，儿子竟然顶嘴，说媳妇在什么电脑公司当副总裁，每天事情处理不完，别折腾她了。不到半个月我辛酸地回到台湾，打电话给小儿子，小儿子说，叫我不要再讲他哥哥嫂嫂坏话了，否则他见到我都会怕……呜……”

这些小事，仿佛都是张妈妈的天大灾难，怎么说也说不厌。但听的人却怕了，刚开始还会同情张妈妈，怎么这些念了硕士博士的儿子都如此忘本，听多了只觉张妈妈好好的富贵闲人不做，干吗庸人自扰呢？

痛苦来自于控制欲无法再满足

这样的母亲，通常是牺牲奉献到没办法独立享受一点人生乐趣的母亲，她们很辛苦，却也很吃亏。她们所有的快乐，全部建筑在儿女及亲人的肯定上，在下一代忙于成家立业时，自然无法得到全神的关注。她们往往没法理解，为什么自己处处替儿女想，儿女却越长大越怕她。她们的痛苦，不是来自于“好竹出歹笋”或儿女的恶行，而是来自于控制欲不再得到满足。

就像心理咨询博士李察·卡尔森所说的，她们是“高维修度”的人，和她们在一起，若没使尽全力照料服侍，没有努力地察言观色，很难满足她的情感需求。

最近，一位年轻的母亲也向我投诉她的困扰：虽然念小学六年级的儿子向来是模范生，她为了关心，特地到学校拜访老师，和老师谈到儿子班上的种种问题,她以为她很关心小孩，没想到儿子知道后怪她不给面子，不尊重他，决定不再和她分享任何秘密。她对孩子咆哮，要他体会她的用心，孩子却越发疏离。

天底下有许多杰出优秀、任劳任怨的母亲，身为子女对母亲的辛苦或多或少都能了解，但有时却不能吸收有代沟的关爱。我也看过许多母亲，未必为儿女做牛做马，却得到相当的敬重，子女愿意把跟她们分享心情、一起出游当成最快乐的事情。关键点在哪里呢？被我们的“伦理与道德”忽略的，是母亲本身是否快乐，是否除了儿女之外，对人生仍兴致盎然。

有一次电台的电话交谈节目中，谈到令子女觉得“与有荣焉”的母亲，有一种母亲被赞美的次数和能做一手好菜的母亲足以分庭抗礼，那就是“活到老学到老”、一直在成长的母亲。那些儿女讲起自得其乐出国游、50岁才开始念英文的母亲，语调分外地兴高采烈。

爱是你能施，他愿受。

明智的母亲必懂得，关心必不能成为负面负担，而生活中除了儿女之外，还有值得活下去的快乐泉源，如此，爱才是源头活水，才能与天光云影共徘徊。

有一种母亲被赞美的次数
和能做一手好菜的母亲足以分庭抗礼，
那就是“活到老学到老”、一直在成长的母亲。

算命算掉爱情运

成功只属于勇于行动的人，那些一直担心后果的胆小鬼是不会有份的。

——尼赫鲁（印度前总理）

一个人对未来没信心的时候，就会想找人指点迷津；理性实在不能判断时，便企图以“求神问卜”的方式解决。

女人尤其爱算命。

为爱算过命的女人，多得数不清；找这个算命师算了，又有点犹豫，想找另一个算命师肯定……现代人因为爱情犹豫不决的心态，使各式各样的算命师生意兴隆。

找人算命未必就是迷信，许多人都曾找人为爱情把把脉，有时出发点只是“闲着没事，算算看也好”，但真能不被算命师铁口直断影响，并不容易。每个人去算命，都存在“花钱听些好话”的心理，但若遇到一位“乌鸦嘴”的算命师，本来没事的两人之间，很可能就会掀起一场风

有时出发点只是“闲着没事，算算看也好”，
但真能不被算命师铁口直断影响，并不容易。

波。我就听过有一位已与男友论及婚嫁的女子，没事去算命，算命师竟然下了诅咒：“你们真的要结婚？结婚一定会离婚！”

女方算完命后深感不安，但也觉得因为一句陌生人的诅咒就分手太离谱，最后做了一个“折中”的决定：把结婚改成“同居”来避灾祸。两人相处得蛮好的，但一提起“结婚”却不寒而栗。

也许那位算命仙当日心情不佳，或看女方不顺眼，但他的铁嘴可真具影响力。

铁口直断容易，处理感情纠葛难

在我看来，算命师阅人无数，都很会察言观色：已婚妇女去算命那天，如果气色不佳、神情慌乱，算命师马上就可以断定她丈夫有外遇；未婚女子前去问姻缘时，若是愁眉不展，算命师不必掐指也可判断出她的男友有点花；一个精明能干写在脸上的女人去算命，算命师也会根据“看来得人疼的女人才好命”的传统经验法则，认为她的强悍必导致婚姻不幸。当然，算命师的解释和他对你的直觉印象一定有关。

为爱情算命的效用其实蛮低的：告诉你那个人不好也

没用，你会为他去算命，就表示你不能舍；告诉一个处在三角问题的人A比B好，她或许会因而给A加几分，但若个性本身优柔寡断（会去算命的人本身多半已优柔寡断），你一样无法果决地弃B而择A。算命师铁口直断容易，你处理感情的纠葛难。

有些算命师很聪明，专说好话，但也会遇到“不上道”的怪客人。

我的朋友陪她阿姨到茶艺馆算命，就目睹了这样的场面。阿姨恭敬递上先生的命盘，算命师一看，滔滔不绝地赞美：“这人50多岁以后会大发，60岁之后事业更会鸿图大展、70岁福禄双全……一直到80岁，都会福福泰泰、健健康康、无病无忧！”

阿姨有点尴尬地提醒大师：“可是他身体不太好……”

“不会不会，那只是小毛病，注重保养就好了，不用担心！我看他如果现在多运动，80岁还可跑马拉松！太太你不用担心！”

“可是他身体真的不太好……”

“真的别担心……算命仙一再强调，阿姨跟着她老公，一定会倒吃甘蔗！

最后，阿姨忍不住郑重面告大师：“可是我丈夫因为脑血管破裂变成植物人，已经躺了10年了！”大师才闭了

她早已认命，拿丈夫命盘算命，
不过是打发时间，看看算命师准不准。

嘴，很有修养地把红包里的钱退回去。

这位阿姨命很苦。丈夫能动时，外遇不断；不能动时，只有她要担起照顾的担子。她早已认命，拿丈夫命盘算命，不过是打发时间，看看算命师准不准。

不要让不幸的预言应验

拿算命当娱乐，也没什么不可以，只希望你得到的结果，不会把好好的爱情运给算掉了。过去，不知道有多少女人，把十几年或几十年光阴投资在算命师“你这人注定是细姨命★”这句话上，莫名其妙当了很久很久的第三者。

如果你真的喜欢算命玩玩，也请找一个“喜鹊型”的算命师，不要找上乌鸦嘴！乌鸦嘴告诉你，他很花心，你就变得疑神疑鬼；你既多疑，他更怕你——两人的关系变成恶性循环，诅咒是很容易应验的！

千万别算掉你的爱情运！人家的一句闲言闲语，你都那么在意，何况是算命师的不幸预言？

★ 闽南话，妾的意思。细姨命是指小老婆命。

赚得多的人请小心

你给别人越多他们“想要”的东西，他们就会给你越多你“需要”的东西。

——育格勒（美国演说家）

一个人赚得太多，来不及花，舍不得花，总不缺人替他乱花，在影剧版上，好像是一种定律。

还是青少年的青春偶像，就要替爸爸还上数百万、上千万的债，这样的情节出现的几率还真高。真叫人为这些卖力工作的漂亮男孩女孩，觉得辛酸。当你大红大紫时，在影视圈赚钱再容易，可也不是一帆风顺、不必费力。

更让人辛酸的是，有些人虽然在影视圈，赚的却没比上班族多多少，每日要维持光鲜体面，开销不小，忽然被亲友拿去做人头，然后恶性倒闭，就有无数的债主找上门来，兄债弟还。有的关系还扯得真离谱，以前还有人以黎明的堂兄欠钱为由，要他代为还债，大明星根本不知道，自己哪里有这门亲戚。

有位经纪人亲眼目睹了一个故事：他旗下曾有一位红极一时的青春偶像，很有孝心地邀请亲戚参加母亲的生日宴会。席间，偶像的妹妹伸手向妈妈要了20万，转眼间便一叠一叠地发给所有的同辈，发完了，还跟母亲要，母亲忍不住说了妹妹两句，妹妹马上顶嘴："我哥哥会赚钱，我帮他花，你管我？"

这位青春偶像后来几经浮沉，大概也体会了人情冷暖。如果他再次崛起，大概也学会了：别把亲友关系，变成糖果与苍蝇的关系。

赚得多的人是要有原则的，而且要懂得把理财原则把握得恰到好处，既不能被嘲为铁公鸡，也不能被当成聚宝盆。

理财也是一种人生态度

每一个家庭里，总有一个"赚得多的人"，经济能力如果太悬殊，问题必然会产生。有人把夫妻间的关系形容成权力斗争，赚得多的人很容易取得"上风"的地位。从前，赚得多的人通常是男人，确实可以享有一些优越感，回家之后，太太马上弯腰拿拖鞋出来迎接，说："您回来了，您辛苦了。”这样的情节，现在大概只有在“经典日剧”里头可以看到。真实的世界中赚得多的人，却常变成“能者永远多劳”，而且未必会赢得感激。

有的人赚得太拼命了，忘了投资一些在自己身上，另一半为了证明自己也有赚钱的能力，拿去理财、买股票或做生意，不但亏空，而且还欠下大笔债务，也导致婚姻危机。这样的例子，对股票族来说，是家常便饭。

有的男人赚得多，就觉得当家庭主妇的太太在家里像个米虫，不了解做家事也是很辛苦的，口气里有意无意地显露出他的鄙视。孩子撞了点小伤，他会说：“真不知道你每天在家是在干什么？”另一半因此觉得自己像个没领薪水的菲佣，为感情牺牲自己的前途真是不值得。

有的女人赚得比先生多，为了让另一半在自尊上过得去，出手十分大手笔，态度又过于卑躬屈膝。我看过一位在工作上很有原则的女强人，在自己经营的公司已有财务窘境时，竟还签支票帮男友买了一辆宾士车，自己则拼了命到处借贷。

如果可以在家中安装测谎器，赚得多的人，应该常会听到“我喜欢你赚的钱，但讨厌你那种优越感”这样的话。

如果你赚得多，你确实有支配自己财务的自由；但务必要不时拿大事小事问问你的伴侣，他的意见如何？美好

赚得多的人是要有原则的，
而且要懂得理财原则把握得恰到好处。

生活毕竟是两人的共同创作。你不能让另一半觉得，你在股票市场赔了100万可以若无其事，而她买了一件5000元的毛衣就是罪大恶极的奢侈；你不能借朋友大钱非常爽快，给老婆买菜钱要她三催四讨，这样下来，迟早感情会破裂。

你也得婉转而坚持地让“相关人士”知道你的坚持。那是你的劳力、你的付出。有个相当成功的企业家十分坚持“借钱没有、做保不行，但在你困难时，我雪中送炭，你不要还”的原则，多少年来，并无钱财困扰，也无人怨他凉薄。

理财态度也是一种人生态度，有原则，才能赢得真情真义。

世界用同样的眼光看你

人生有如掷回力镖的游戏。我们的思想言行，迟早会丝毫不差朝我们回来。

——F.S.S

俄罗斯人、德国人、日本人和美国人遇到船难，一起漂流到荒岛上，他们一起捡到一个阿拉丁神灯。

神灯说："我的能力有限，不能救你们出去，但我可以答应你们每个人一个愿望，只要你跳进沼泽的时候，大喊一声你最喜欢的饮料，你就可以好好地享受一番。"

俄罗斯人高喊"伏特加"，果然痛饮了一番。德国人如愿以偿地喝到了啤酒。

日本人将清酒喝个饱。美国人心想，他可以把可乐喝个够，但他跳进沼泽前，被石头绊了一下，因而，他喊了一声："shit!"于是……

你用什么眼光看世界，世界就会用同样的眼光对待你。一个人的人际关系太差，往往是咎由自取。

我碰过很多一抱怨起别人就不会自动打句点的人。他们常常形容自己“爱恨分明”，其实是恨意分明。

他们的个性都有共通点：先认定别人对自己一定不怀好意，一副“江湖人心险恶”的口吻，常常像龙门客栈里的侠客，提防着对准自己头颅射来的飞镖。

好不容易盼到一支飞镖，他们就会对自己说：“果然跟我想的一样，被我料到！”

面对一个善于猜疑的人，人们很难对他说实话；面对一个充满防卫心的人，我们也不由自主地在他面前穿上自卫的盔甲；面对一个拿刀在街上走的人，我们若不能闪避，也只能兵刃相向。

你怎么对人，别人就怎么对你

有位以“毒舌派”闻名，非常风趣的电台前辈说：他的听众call in进来，说的话越来越毒，有的已经让他无法接招。对此事他自我反省了一番叹了口气道：“真是什么人培养什么听众群。”

一般人没法靠耍嘴皮吃饭。舌头太毒，往往毒到自己。

说话太刻薄的，人家总会找刻薄话顶他。

多疑的人，人家有事会尽量防他，以免自找麻烦。

天天担心恋人背叛的，最后总会“梦想成真”，恋人会因受不了压力，不得不背叛他。

过于啰唆，怕孩子听不到他教诲的父母会发现，孩子真是练就了“有听没有到”的耳膜功夫。

你认定人心险恶，不免就会用一张狐疑阴霾的脸面对世界，别人只能怀疑你是否另有企图，岂能微笑迎接?

你如果认定人生不值得活，人生一定越来越不值得活。

世界总用你的价值观来对待你。